藤間 透
ふじま・とおる
自他ともに認める陰キャな
異世界で召喚士として活動
少しずつ他者との交流が増
「い、いってぇ……！
灯里、平気か？」
「う、うんっ……！」
無防備に詠唱中の灯里に飛びつくと、
矢をギリギリで避けながら、
ふたりで勢いよく草の上に倒れこんだ。

高木亜沙美
たかぎ・あさみ
陽キャグループ所属のギャル系美少女。
性格は気が強いものの友達思いで
さっぱりしている。
灯里伶奈
あかり・れな
陽キャグループ所属の清楚系美少女。
大人しい性格だが芯はしっかりしている。
かつて自分を助けてくれた透に
好意を寄せている。
鈴原香菜
すずはら・かな
陽キャグループ所属の癒し系美少女。
年齢よりやや大人っぽい雰囲気の持ち主。

リディア・
ミリオレイン・シロガネ
透&アッシマーが取引をしている美貌の冒険者。
しかし言動は意外とぼんやりしている。
足柄山沁子
あしがらやま・しみこ
クラスから【地味子】とあだ名される陰キャ女子。
異世界で行き倒れ寸前だったが透に助けられる。
透からは【アッシマー】と呼ばれている。

「藤間くんは、ウチという人間を守ってくれた。
……だから、そんなふうに悪く言わないで！」

召喚士が陰キャで何が悪い
3

かみや

HJ文庫
1050

口絵・本文イラスト　comeo

03

Shoukan-shi ga Inkya de Naniga Warui

CONTENTS

五章EX　あかり——起——運命

胸が、苦しい。

彼が私を助けてくれたあの日から、一日ごとに、一時間ごとに、一分ごとに一秒ごとにどんどん好きになってゆく。

「俺、丸焼きシュークリームさんのファンなんすよ！」

入学前に助けてくれたとき、意味不明な因縁をつけてくる不良の仲間かと思うほど意味不明だった。

「サインください！　サインの横におっぱいもください！」

……もう駄目だと思った。

でも彼は、意味不明なことを言いながら、私だけに見えるよう、後ろ手に「行け」とサインを出してくれた。

「伶奈は本当に可愛いね。困ったことがあったら、すぐに言うんだよ」

駆けながら、いつもそう言ってくれるお父様の連絡先に電話するも、出ない。このロスで私の代わりに彼の顔に傷がひとつ増えたのだと思うと、どうしようもなく胸が痛んだ。

「警察だ！　お前らなにしてる！」

「データはクラウドに保存してあるんで……」

「「テメェ！」」

私はスマホで不良ふたりの顔を撮影し、彼と同じようにクラウドでバックアップをとった。彼が不良たちに逆恨みされ、これ以上の被害にあわないように。

「きみ、大丈夫かい？　歩ける？」

「あ、その、あ、う、だ、だいじょぶっす。俺より彼女を。彼女のほうがヤバいと思うんで」

とくん。

えっ、なに、これ。

とくん、とくん、とくん……。

生まれてはじめて聞こえた心音。

小説やドラマで感動したときとは違う、走ったあとの息切れとも違う、優しくて切ない胸の音。

「あ、あのっ、私っ……！」

「よほど怖(こわ)かったんだろう、胸を押(お)さえてる。もう大丈夫だからね。念のため、きみも病院へ――」

違う、ちがう……！

これは苦しいんじゃなくて、ううん、苦しいけどそうじゃなくて……！

「じゃあきみはこっちの車。きみはあっちの車に――」

「あ、あのっ、お名前を……！」

無情にもパトカーのドアは閉まり、それ以降、彼と顔を合わせることはなかった。

胸が、苦しい。

「お父様、お母様、丸焼きシュークリーム先生ってご存じですか？」

「奇妙(きみよう)な名前だね……パティシエの先生かね？　先日フランスから招待した、ムッシュ・カレーム氏の間違(まちが)いではないかね？」

「違います……」

彼はなんと言っていたのか。

何度思い返しても、蘇(よみがえ)るのは恐怖(きようふ)などではなく、少年の勇気だった。

丸焼きシュークリーム先生で間違いないと思うんだけどな……。

「その先生がどうかなさったの?」

「いえ、なんでもありません……おやすみなさい」

リビングを抜けるとき、

「あなた、やっぱり伶奈はあのときのことを思い出して……」

「チンピラ風情め。二度と娑婆を歩けないようにしてやった」

父親の、警察の人間らしからぬ恐ろしい言葉を背に浴びて、それでもあの不良たちを哀れに思う気持ちにはなれなかった。

ただ、私の代わりに傷ついた少年の痛みを思うと、これ以上なく胸が痛んだ。

いま、なにをしているのかな。

私よりもすこし歳上かな。

どんな食べ物が好きなのかな。

――はんだごて

いま、なにをしているの。
どうして、あえないの。
――

胸が熱いのは、どうして。
焼けそうなほど、溶けそうなほど、熱いのはどうして。
どうせ溶けるのなら
いっそのこと
はんだごてで
私とあなたをひとつにしてください。
あなたに、あいたい。
――

「はぁ…………」

また渾身のポエムが出来上がってしまった。

ウェブサイトに三五番目の作品として登録する。

三五作品目。

あなたに出逢ってから、もう三五作品目。

評価が低いのは、だれも私の想いを理解していないから。

あなたに、あいたい。

◆　◆　◆

鳳学園高校入学。

運命だった。

眠そうな顔。気だるげな瞳。すこし猫背気味の身体。

「藤間透」

「……はい」

彼の姿しか目に入らなかった入学式が終わり、ホームルーム。

最初の点呼で、ようやく彼の名前を知る。

はい、というわずか二文字の言葉を耳にして、他人の空似ではないと確信した。

ふじま、とおるくん。

どんな漢字なのかな……？

胸が苦しい。

藤間くんは私のことを覚えていなかった……と、思う。

藤間くんの視界に入ってアピールしようと頑張るけれど、彼はいつも机に伏せて寝ている。自分が認識されていないのか、それとも私のことを認識したうえであの日のことを忘れているのか。

いっそのこと、私から声をかければいいのに。

無理無理無理無理無理無理無理無理無理無理………。

私はかなりの緊張家で、きっと汗をいっぱいかいちゃうし、スムーズに話せる気がしなかった。

◆　◆　◆

「ふ、藤間くんっ……！」

「……？　え、な、なに、俺？」

もうだめ、抑えきれない。

胸が苦しい。

もしもこころが器なら、横溢した想いすら私は手で掬ってしまっているだろう。

手から零れそうな想いをも飲み干して、私の身体はもう破裂しそうだった。

お礼が言いたい。

あの日、助けてくれてありがとうございました、って。

お友達になってください、って言わなきゃ、私は溺れ死ぬか破裂してしまう。

だから、声をかけた。

「ほ、放課後、ちょっと残ってもらってもいいかにゃっ……ぁぁう、いい、かな？」

噛んだ。しにたい。

◆　◆　◆

泣いた。

散々泣いた。

わんわん泣いた。

「罰ゲームってなに……？　うぇっ、うえええええええぇぇぇ……」

ふられた。

「お嬢様、それも致し方ないことかと」

「ううう………三船……どういう、こと……？」

三船は数年前から住み込みで働いている灯里家の家令だ。年齢は三〇手前で、両親よりも年齢が近いぶん話も合う。

三船にはよく相談相手になってもらっていた。

「そもそも告白するタイミングではありませんでした。お嬢様がよく知らない男子からつきあってくれと告白されても、困るでしょう？」

「う……」

確かにそうだ。私はただ、お礼が言いたかっただけだった。

それなのに、いざ彼を目の前にすると、気持ちがどうしようもなくなって、つい、溢れてしまったのだった。

「お嬢様はどうされたいのですか？」

「やり直したい……」

もう一度、やり直したい。

さっきの告白をなかったことにして、今度はちゃんとありがとうって言いたい。

止まらない。

想いが溢れて。

これは涙の形をしているが、行きどころを失った藤間くんへの想いだった。

五章　藤間透が悪で何が悪い

1　強敵！　ロウアーコボルト！

すべてをぶち壊すような轟音が、安らぎを乱暴に劈いた。

いいか、睡眠ってのは、人間の有する三大欲求のひとつだ。だから誰にも邪魔されず、不可侵で、どこか救われてなきゃダメだと思うんだ。

「あんちゃん早く起きな！　アッシマーちゃんは何時から起きてると思ってるんだい！　ご飯冷めちゃうでしょ！」

「んあー……」

そういう俺の意見はお構いなしに鳴り響く騒音に薄目を開けると、なぜか部屋に女将がいて、左手には銅鑼、右手には先端に白い布を被せた木の棒を持っていた。

「んあー……」

ガァンガァンガァンガァン——!!

「んあぁぁぁぁ……！」

うるせえ。

急かすような、焦りを覚えるような轟音。

耳を塞いでも聞こえてくるし、なにより音の振動がすでにうるさい。

すべてを断絶するように布団をかぶる。

言っておくが、絶対に起きねえからな。何人たりとて俺の睡眠を邪魔することは——

「な、なんてしぶとい子だい……！　これはアタシの膝を出すしか……！」

はね起きた。

なに膝って。いくらなんでも怖すぎじゃね？


おそるおそる臨んだ食卓には、コーヒーの豊かな香りが揺らめいていた。

「え、嘘。ちゃんとモーニングっぽいんだけど」

「あんたはアタシがなにを出すと思ってたんだい……」

はじめて訪れる広間には女将、その娘であるココナ、そしてアッシマーとリディアが中央の長テーブルに腰掛けていて、俺に「やっときた」とでも言いたげな視線を向けてきた。

床には年季の入った――しかし清掃の行き届いた赤い絨毯が敷いてあり、広間と言うだけあって、中央にはみなが座っている一二人掛けのテーブル、壁際には四人掛けと二人掛けのテーブルがそれぞれ二卓ずつ設置されている。部屋の一隅を小上がりが占めていて、座布団がわりのクッションまで並べてあった。

……しかしまあ、なんとなくわかっちゃいたけど、やっぱりこの宿って、俺たちしか客いないんだな……。

「先に食ってもらってよかったんだけど」

「そうはいかないよ。食事は家族みんなでとらないとね」

「わたしもそう思いますっ」

恥ずかしくなるような女将の台詞にアッシマーが首肯した。

「……かぞく」

「そ、家族。同じ家に住んで同じご飯を食べるんだ。もう家族だろ？」

家族という言葉を噛みしめるように俯いたリディアに、女将が優しく笑いかける。俺に膝を向けた女性の笑顔とは思えない。

「それじゃいただきます」

「「いただきまーす！」」

とは思わなかった。

「「……いただきます」」

異世界で日本と全く同じ『いただきます』を聞くとは思わなかったし、自分が口にするとは思わなかった。

皮肉だよな。

いただきますなんて言うの、いつ以来だろうか。

現実じゃなくて、こんな異世界（アルカディア）で言うなんてな。

朝食はコーヒー、レタスたっぷりのグリーンサラダ、そして黒パンの何倍の大きさなのかわからないほど圧倒的（あっとうてき）でかさの、俺たちの世界で言うところのフランスパン——バゲットが二本。

このメニューも、一人暮らしをはじめてから現実でも口にしていないものばかり。

匂（にお）いは完全にコーヒーな液体……しかし異世界だから、という理由だけで、本当にコーヒーなのかと訝（いぶか）ってしまう。

おそるおそる口をつけ、豊かな苦味と酸味に顔をしかめる。

……あ。たぶんこれ、マジでコーヒーだ、とわかった。

たぶんというのは、俺が現実でもコーヒーをろくに嗜（たしな）んでいないからであって、じゃあ本物かどうかなんてわからないだろ、なんて言われたら、たしかにそうなんだけど……。

苦い。

苦いが、なんか、美味い。

かつて背伸びして飲んだ、缶コーヒーの比じゃない。

レタスにフォークを刺すと、新鮮そうな音が耳に心地よく響いた。

端にベージュ色の液体が付着している。

「このレタスについてるソースって……」

悪いよな、と自分を責めながら女将に目をやると、怒るどころかエプロン越しの豊かな胸を張り、

「すこしだけ薄めたマヨネーズに、胡麻を和えたのさ。……ま、あんたたちの世界にはマヨネーズも胡麻も存在しないかもしれないけど。美味しいから食べてみな」

とんでもないことを言って、キッチンへと向かっていった。

異世界間交流がはじまってから、長い時が経つ。

電気も水道も通っていないのに、現実の勇者たちは、食文化の布教だけは怠らなかったようだ。

卵が先か鶏が先かみたいな話になってるなんて、先人たちは思ってもいないだろうけど。

シャキッとしたみずみずしさが口のなかに広がる。

ごまドレッシングとマヨネーズのミックスのような、それでいて優しい味。

うめえ……。

次はフランスパンだ。

六〇～七〇センチのバゲットが、恐ろしいことに、全員の席にふたつずつ載っている。

サクッ……。

この音は、向かいに座るアッシマーから聞こえてきた。

バゲットを両手で持ったアッシマーは、それを頬張ったまま、大きなダークブラウンの瞳を輝かせる。

「〰〰〰〰〰！」

アッシマーの顔が言っている。これ、絶対に美味いやつだ、と。

手に持つと、まだ温かい。

鼻腔をくすぐる香ばしさ――

サクッ……。

ついにその音が、俺の口から鳴った。

俺の知っているバゲットの、ガリッとした食感ではなく、どこまでもさっくりとした、心地よくすらある優しい音。

かと思えば中は極上のやわらかさで、匂いから期待した香ばしさと、期待以上の甘みを運んでくる。

「うっま……！」

ヤバすぎる。

いままで食ったパンのなかで、いちばん美味いかもしれない。

「大丈夫なのかよ……。初日だからって、貴族用のパンを買ってきたんじゃ……」

貴族のことをなにも知らない俺のつぶやきに、ココナが笑って応える。

「にゃはは、にゃにを言ってるにゃん。これは毎朝、ママが焼いてるパンにゃ」

「パンまで焼くのかよ。あの女将、何者なんだよ……」

リディアはサラダをちくちくしながら目を大きく開き、アッシマーはパンを頬張ったまま「このパンが毎朝食べられるなんて……！」とでも言いたげに、目をさらに煌めかせた。

「でもさすがに多くね。美味いけど多くね？」

「冒険者用に、朝はわざと多く出すのが宿の基本にゃ。昼は外で過ごすことが多いから、朝夕の一日二食を宿で出して、朝食で余ったぶんは昼のお弁当にするにゃん」

ああなるほど、そりゃ朝飯でフランスパン二本は食えねえよな。つーかむしろ朝は一本の半分でいいわ。

どれだけ美味しくても、いつも一〇〇円のスティックパンを食ってる俺からすれば、それでもキツいくらいだわ。

「お待たせ」

「うわーい！　待ってたにゃー！」

サラダを一度口にしたきり姿を消していた女将が、キッチンペーパーのようなものを下に敷いた編み籠をテーブルに置く。

覗き込めば、なかには黄金色の長い揚げものがたくさん入っていて、美味そうな、しかし寝起きにはつらい油を弾いていた。

「これは？」

「フィッシュフライだよ。朝はだいたい、これを揚げるから」

パンもサラダも多ければ、フィッシュフライもでかかった。というよりも長い。フランスパンほどの長さのある揚げものが、それぞれの皿に二本ずつ取り分けられてゆく。

口には出さなかったが、朝から揚げものとかよく食えるよな……。そんな辟易した視線をずらすと、

「あっ……！　サクサクしててすごく美味しいですっ……！」

「ココにゃんはこれが大好物だにゃん♪　このタルタルソースをつけるともっと美味しい

にゃん♪　ママー！　パンのおかわりはあるかにゃん？」

「あるよ。チーズはどうする？」

「もちろんほしいにゃ！」

アッシマーとココナはどうして太らないのか疑問な勢いでパンとフライを貪ってゆく。

タルタルソースまであるのかよ、なんて疑問は一瞬で消えた。

積極的にパンとサラダを食べていたリディアは俺と同じく朝が弱いのか、二本の巨大なフライに手をつけず、ぬぼっとした視線を向けている。

「ココにゃんのオススメの食べ方は……こうにゃ！」

ココナはフランスパンに切れ込みを入れ、そこにタルタルソースをたっぷりかけた長いフィッシュフライを挟み、チーズ、サラダも挟んでゆく。

「あっ……！　ココナさん天才ですっ……！　わたしも……」

そうして出来上がったのはカロリーの高そうなフィッシュフライサンド。それを一四歳と一五歳の少女はなんのためらいもなく口の中へと押し込んでゆく。

リディアは羨ましくなったのか、ふたりを真似してフィッシュフライをパンに挟んで、両手でゆっくりと口に運んだ。

朝食が終わり、部屋に戻ってひとやすみ。

フィッシュフライ一本とフランスパン一本はかなりキツかった。

いや、めちゃくちゃうまかったんだよ。でも元より食の細い俺からすれば量が多すぎた。

「げふー」

俺と同じ量を食ったリディアは、美女がしてはいけない顔になって腹を押さえている。

「藤間くん、採取に行きましょう！」

「お前なんでそんなに元気なんだよ……」

結局ココナとアッシマーはパン二本、フィッシュフライ二本を平らげ、おかわりとしてもう一本ずつ女将から受け取り、それを昼の弁当にしていた。

「お前、俺たちの倍食ったよな。どこにそんなに入るんだよ……」

「そ、そんなに食べてないですよぅ……」

これでアッシマーが太っていれば納得なんだが、華奢な灯里や胸以外細いリディアよりすこしぽっちゃりしている程度で、とてもそんなに食うようには見えない。

ちょっと前まではアッシマーってぽっちゃりしてるなってイメージだったが、それは異常に発達した胸のせいでそう見えるだけであり、腰や脚はそう太ってもいない。むしろ程よい肉付きが……って、いやそんなマジマジと見てないよ？　ボロギレやコモンパンツが膝下をカヴァーしてないから赤裸々に見えちゃうだけだよ？

「透、伶奈はどうするの」

「来るつもりみたいだけど詳しいことはわからん」

「今日もサシャ雑木林にいくつもりだけどどうする」

「アッシマー次第だな」

「わ、わたしですかぁ……」

昨日、ポーションの調合で疲労困憊していたアッシマー。

リディアと一緒にサシャ雑木林へ行くということは、ポーションの材料である『マンドレイク』を集めに行く、ということだ。

いまのところはエペ草とライフハーブとオルフェのビンで完成する『薬湯』までの調合に留めておいたほうが稼ぎはいい。

しかし将来のために、いまここでマンドレイクの調合を重ねることで、調合経験値を稼ぐというのももちろんありなのだが……。

アッシマーは、俺や灯里、リディアの努力を無駄にすることを非常にきらう。

『はぁあああぁぁぁああぁぁああ!? ごめんなさいぃぃぃぃぃぃぃぃ!!』

調合に一度失敗するだけで絶叫。二度失敗すればベッドに倒れ込む。だから本当は、もうすこしほかのことで調合の経験値をあげてから改めてマンドレイクの調合に挑戦したいのだろう。

「マンドレイクと薬湯の調合でマイナーヒーリングポーションが完成するんだよな。成功率は何%なんだ？」

「ふぇぇ……39%ですぅ……」

「それならスキル補正で60~70%くらいまでいくんじゃないのか？」

「うっ……。す、スキル補正コミコミで39%なんですよぅ……。ふぇ……ふぇぇぇぇぇん……………」

「それ昨日の時点で言えよ」

「だ、だって……！　みんなわたしに期待してくれるからっ……！　頑張らなくちゃって……！」

お前39%で頑張るやつがあるかよ……。

ってことは、四四回の調合で二〇個のポーションが完成したのって、結構御の字じゃねえか。

「リディア、エペ草とかライフハーブを調合してるだけでポーションの調合成功率も上昇すんのか？」

「すこしは。でも薬草や薬湯とポーションではそもそも難易度がちがいすぎるから、そこまで期待はできない」

「マンドレイクを消費せずに成功率を増やす良い方法ってないか？」

「戦闘してレベルをあげること。レベルがあがるたびに成功率はあがる。ほかには、薬湯よりむずかしくてポーションよりかんたんな調合や錬金、加工をくりかえすこと」

「道のりは遠そうだな……」

「むしろレベル2でポーションの調合をしようとするひとはいない。レベル2でマンドレイクの採取ができるひともいない。ふたりとも異常。すこしあせりすぎ」

すこし焦りすぎって、俺たち昨日あなたに連れられてマンドレイクを採取したんですがそれは。

どちらにせよ今日はリディアと別行動だ。

なぜならリディアが一緒にいると、レベル差がありすぎるということで、俺たちに経験値がひとつも入らない。

俺たちはその姿さえ見ることがなかったが、昨日サシャ雑木林でリディアと召喚モンスターが倒したモンスターの数は八一体だったらしい。

しかし俺たちに入った経験値はゼロ。いったいリディアは何レベルなのだろうかと問うと、恥ずかしそうに「ひみつ」と言われてしまった。これは10や20じゃねえな。

リディアはアッシマーにいくつかのレシピを教えて宿を出ていった。

「藤間くん、本当にごめんなさい……。わたし、足を引っ張って……」

「馬鹿言うな。そんなふうに思ってねえよ」

「あぅ……」

むしろ普段、足を引っ張ってるのは俺のほうなんだから、ここらで汚名を返上しねえとな。

さて、もしも灯里が合流するんならレベル上げをしたいところだ。

もしも合流しないのならいつもどおり採取で、襲ってくるモンスターが単独なら戦闘、団体様ならガン逃げという、すこし前と同じコースだな。

そんなとき、トントンと控えめなノックの音。

「お、おはようっ！」

見慣れた扉から長い黒髪の美少女が顔を覗かせた。

「アッシマー、レベル上げに決定だ」

「は、はいっ！」

灯里の姿を見て、アッシマーは安心した表情になった。

39%だっていいじゃねえか。

1%ずつ伸(の)ばしていけばいい。

焦らずに、お前のペースで。

「灯里、また先に買い物いいか」

「うん、もちろん！　えへへ……今日は私も買うんだぁ」

「灯里さん灯里さん、今日はわたし――」

俺も灯里も、お前を急かしたりしないから。

だからどうか、悲しい顔をしないで――

だからどうか、お前のままで――

◆　◆　◆

魔法使(まほうつか)いの天敵――それは弓だ。

「光の精霊(せいれい)よ――きゃっ」

「はわあああああああっ！」

俺(おれ)がはじめてまともに相対するモンスター、ロウアーコボルト。

よく出くわすマイナーコボルトの兄貴分みたいな存在で、スライムとスライムベスみたいな関係――だと思っていたんだが、

「「ギャウッ！」」

全然違うじゃねえか。

マイナーコボルトとロウアーコボルト。

能力も若干ロウアーコボルトのほうが上らしいんだが、いちばんの違いは、槍一本のマイナーコボルトと違い、槍と弓の両方を使いこなす点だ。

「灯里！　一旦木の蔭に隠れろっ！　コボたろう、退けっ！」

奴らはコボたろうも使える【コボルトボックス】を巧みに扱い、まずは弓を持って射撃してくる。そしてコボたろうが近づけば、槍に持ち替えてマイナーコボルトよりも熟達した槍技で応戦してくる難敵だった。

詠唱中は無防備の灯里が弓の標的になれば、灯里に頼り切っている俺たちを待つのは死である。

大活躍なのはアッシマーだった。

「ほわあああああっ！」

灯里に向けられた矢をすべてコモンシールドで防いでいる。しかし彼女の危なっかしい

動きと慌てた声は、防御が偶然に過ぎないことを雄弁に語っている。いつ灯里に命中するかわからない。

「なんとか隠れられたけど……」

「はわわわわどうします⁉　すごく走ってきてますよ⁉」

どうしますもこうしますも……！

「こうするっきゃねえだろっ……！　コボたろう！」

「がうっ！」

木の蔭から躍り出る。

コボたろうは左から。俺は右から。

「うおあああああっ！」

「がるうううううっ！」

茶色に靄がかった二体のコボルトは、左右の俺たちに狙いを定める。

「「ギャウッ！」」

放たれた矢は思いのほか速く、素人の俺に避けられるはずなどなく――。

「ぐあっ⁉　が、があっ……」

俺の肩に突き立つ一本の矢。

最初にやってきたのは衝撃。

次いでやってきたのは灼熱。

「いって……ええええぇ……！」

肩が熱い。焼ける。焦げる。

煮えたぎるような熱さ。しかしここで転んでしまえば、間違いなくあいつは弓を槍に持ち替え、俺にトドメをさすだろう。そうなればコボたろうは消え、アッシマーと灯里は……！

「ひっ……ひぃぃっ……！」

自分でも引くほど情けない声をあげながら、よたよたと駆ける。

よく漫画とかアニメで、肩に矢を受けながらも、足は無傷だからってピュンピュン走ってる描写があるけど、あれ嘘。こんないってぇ傷を負ったら痛覚で神経が麻痺して手だろうが脚だろうがまともに動かんっての……！

「ひっ……！」

第二矢は俺の眼前を左から右へ通り抜けた。

やっべぇ、マジでもう勘弁してくれ……！

「落雷！」

世界一待（ま）ち焦がれた雷（いかずち）が、ついに弓を構えるコボルトを撃（う）った。

「「ギャアアァァッ！」」

「がぁぁああぁっ……！」

俺はサンダーボルトの被害（ひがい）を受けていないのに、蓄積（ちくせき）した痛みと足のもつれでその場に倒れ伏（ふ）す。

上げた顔に映ったのは、雷に打ち据（す）えられてもんどり打つコボルトにトドメをさすコボたろうの姿と、灯里を忌々（いまいま）しく見つめながら弓を構えるもう一体のコボルトだった。

「やべぇっ！　ざけんなおいコラこの野郎（やろう）っ！　俺を狙えッ！」

「グアッ！」

しかしコボルトは標的に灯里を選び――

「どすこーいっ！」

灯里の命を穿（うが）つはずだった一矢（いっし）は、灯里をかばうように立ったアッシマーのコモンシールドに防がれた。

アッシマーの後ろでは、すでに灯里が杖（つえ）による第二の矢を構えていて――

「これで終わりっ……！　火矢（ファイアボルト）っ！」

燃（も）え盛（さか）る赤い矢は、コボルトの喉元（のどもと）へ吸（す）い込まれてゆく。

「ギャアアァァッ！」

《戦闘終了》

《2経験値を獲得》

——終わった。

灯里の宣言通り、終わった。

斃れたコボルトが木箱になると同時、俺に刺さった矢が消滅し、栓がなくなったことで俺の肩から血が噴き出した。

「うおっ……や、やべ、マジか」

「「藤間くんっ！」」

「がうっっ！」

自分の血を見たことで、ますます痛みが増す。

高鳴る鼓動に合わせて、いちいち飛び跳ねるほどの痛みがやってくる。

「癒しの精霊よ我が声に応えよ我が力に於いて顕現せよっ！」

「藤間くんっ、藤間くんっ！」

早口で詠唱する灯里と、泣き叫びながらなぜか俺の額にそっと手を当てるアッシマー。

屈み込んで俺の目を覗き込んでくるコボたろう。

「いってぇ……！　だ、大丈夫（だいじょうぶ）だっつの……お、大げさだなお前ら……いってぇえぇぇ……！」

「わかり易すぎる強がり！　もー……いっつも無茶（むちゃ）ばっかりして……もー……」

アッシマーが優（やさ）しく俺を責めてくる。いやマジで痛いんだって……。でも痛いって言葉にしたのが恥ずかしいから採算を合わせるように強がるしかないんだって。

「治癒（ヒーリング）」

灯里の詠唱が終わり、緑の光を放つ灯里の両手が俺の肩に近づくと、あたたかな光が俺の痛みを消し去ってゆく。

「んあー……すげえなこれ。あったけえ」

百戦錬磨（ひゃくせんれんま）の諸兄（しょけい）は、幸せとはなにかおわかりだろうか。

俺は休みに一日中ゲームをすることだと思っていた。

でも、違（ちが）った。

幸せとは、痛くないことだ。

「おー……もう全然痛くねえ。サンキュな灯里、助かった」

「うん。……でも、あんまり心配、させないでほしい、な」

「お、おう。わり」

軽く頭を下げたはいいが、少なくともあのとき魔法使いの灯里は狙われていた。コボたろうと俺でヘイトを分散するしか方法はなかったように思うんだけどな。

たぶん、作戦は間違っていなかった。ならば悪いのは闘いかただ。

敵方にアーチャー二体が現れることなんてざらにあるだろう。

「灯里たちはいままで弓持ちコボルトの対処ってどうしてたんだ？」

「四人のときは祁答院くんが敵の攻撃を防いで、亜沙美ちゃんと香菜ちゃんが矢を射って、怯んだところに私の魔法かなぁ」

「そういや四人のときって前衛は祁答院だけなんだよな。……ひょっとしなくても、祁答院ってめっちゃ強いのか？」

「強いよ。敵をばったばった倒すわけじゃないんだけど、祁答院くんがいるとパーティが安定するの。ひとりで何体も抑えてくれるし、指示がとても上手だから」

祁答院はタンク寄りの前衛か。エクスカリバーなくせにイージスでもあるのかよ。そりゃ後衛の灯里や高木、鈴原とは相性いいよなぁ……。

ふたつの木箱の開錠をはじめたアッシマーも、タンクの要素を匂わせている。灯里を狙う矢を前に出て盾で防いだときはすこし感動したもんね。

でも「どすこーい！」はさすがにキャラが強すぎると思う。魔法のアプローチが多い灯里に対して、キャラ付けのアプローチが強すぎて渋滞起こしてるもんね。

「はわわわわ……！　レア！　レアですっ！　これはレアの演出ですっ！」

アッシマーが大きな声をあげて俺たちの耳目を集めた。

灯里のおかげで傷が癒えた俺はコボたろうの差し出した毛むくじゃらの手を掴んで立ち上がり、灯里とともにアッシマーのもとへと駆け寄る。

「――これ、レアなのか？」

大切そうに両手で取り出されたものは、パッと見なんの変哲もない革製の丸盾。

「はい、灯里さんの杖のときと同じ演出だったので、間違いないですっ」

「ってことはもしかしてユニーク盾か」

「たぶんそうですっ」

手を翳してみても、やはり『？？？？？？』表示。灯里がちょこんと覗き込むように首を伸ばして、

「私、鑑定しようか？」

「そういやギルドに行かなくても灯里が鑑定できるんだったな。ＭＰとか使わなくても鑑定ってできるのか？」

問うと、灯里はアッシマーから一旦盾を受け取って、

「ううん、じつはMPもSPも使っちゃうの。この盾だったら……ん、結構使っちゃうかも……」

「そんなら宿に戻ってからのほうがよさそうだな」

灯里が持つユニーク杖『☆マジックボルト・アーチャー』のおかげで消費MPが緩和されているとはいえ、毎回の戦闘で魔法を使ってもらっている。今回のロウアーコボルト二体戦なんて火矢、落雷、治癒と三回も使用させてしまった。

「レアも出たことだし、一旦戻るか。そろそろ俺たちもLV3だし、灯里もLV4だろ」

【オリュンポス】を起動してコボたろうの経験値を確認すると、8／6。コボたろうはレベルアップ確定だし、コボたろうの倍の経験値が俺たちに入るのなら、きっと俺たちもレベルアップできるはずだ。

「賛成ですっ！　戦利品も整理したいですし」

「うん、私も。MPが減ってきちゃったから」

そうして俺たちは帰途につく。

道中、先ほど受けた肩への痛みを思い返し、いやな汗が頬を伝った。

マジで闘いかたを考えねえとな……。

五章EX2　砂上の楼閣

あーあ、またはじまったよー。

「だからあんたらのせいで迷惑すんのこっちなんだってば！」

「なにマジになってんだって亜沙美。こんなゲームみたいな世界に金をつかうのはアホくさいって」

「バイト代わりにやってんのは亜沙美も同じだろ？　こっちは一人暮らしで生活かかってんだって」

「そんなんあたしも同じだし！　こっちで強くなったらもっと稼げるようになるじゃん！　なんでそんなこともわかんないわけ？」

ウチらが泊まっている宿の一室。

かたくなにアルカディアでお金を使おうとしない慎也くんと直人くん。それを咎める亜沙美。

そしていつもの通り、我関せずを貫くウチ――鈴原香菜。

「三人とも落ちつこう。じゃあこうしたらどうだい？　稼いだお金の半分は必ずこちらの装備やスキルに使う。残りは自由。これなら両方――」

悠真くんがあいだに入って諫めてくれるけど、

「いや半分って！　なんであたしらが未来のために全額こっちに投資してんのに、ふたりだけ半額っておかしくね？」

「いや俺ら半分も投資したくねーし」

「だいたい、宿代とメシ代だけでも結構投資してるだろ。これより投資するってありえなくね？　装備もスキルもドロップ品でじゅうぶんだろ」

――これだ。

怜奈が藤間くんのところへ行ってから、ずっとこれだ。

慎也くんと直人くんのふたりは、どう考えても怜奈に気があった。

怜奈がいると、このふたりは格好をつけて、まだ理解のあるフリや戦闘でガンガン前に出てくれることもあった。

でも、昨日――

『灯里は俺のだ。お前らにゃ死んでも渡さねえ』

『わ、私っ……！　藤間くんと一緒にいたいっ……！』

あれからこのふたりはずっとこれだ。

取り繕っても顔以外は微妙だったふたり。取り繕うことすらしなくなれば、もはや面倒が服を着ているようなものだった。

『なんでお前ら友達やってんの？』

先日偶然、街中で出会った藤間くんの、そうとでも言いたげな眼差しが頭から離れない。

友達。

そんなの、なれるなら、誰とでもなるに決まってる。

ウチは中学時代を孤独に過ごした。

高校こそは、と張り切って臨んだ。

運良く悠真くんと亜沙美の席に挟まれ、ウチには友達ができた。そこに入ってきたのが慎也くんと直人くんだった。

みんなイケメンで、亜沙美も、二日目からグループに入った伶奈も可愛くて、ウチのいるグループはトップカースト。ずっと憧れた、クラスの頂点。

それが――

「俺ら友達だろ？　俺らは亜沙美の言うこと結構聞いてる。亜沙美だって俺らの要望っつーの？　すこしくらい聞いてくれてもいいと思わん？」

「聞いてんでしょ？　でももう我慢の限界だって言ってんの！　割に合わないって！」

それが、これ。

あれだけ憧れて手を伸ばした山の頂は、砂上の楼閣。

ほんと、友達ってなんなのかなー……。たはは……。

そんなときに思い出す、藤間くんの言葉。

「それぞれ別々の道に進んでも、お互いを応援するのが友達、かー……」

それならば、砂浜でのひとコマに居合わせて、伶奈を心から応援しているウチはきっと、伶奈は友達だと胸を張って言えるだろう。

──でも、このふたりは。

べつに興味もない窓の外の景色を眺めながら、そんなことを思っていると、

「香菜……？」

亜沙美の声に振り返る。

四人全員が驚いた顔をしてウチを見ていた。

「ん？　え、あ、あれー？　もしかして、声に出してたー？」

あ、ヤバいかも。

「香菜、それって俺らと別行動するってことなん？」

「友達じゃねーの？　離れる意味ってあるん？」

怖い。

　この眼は。

　ふたりのこの眼は——

『鈴原ってなんかズれてね？』

『あーね。会話嚙み合わないし』

『次の遊び、誘わなくてもいいんじゃね？』

　ウチを、ハブにする目——

「もうやめろよそういうの。俺たち友達だろ？」

　ウチを寒からしめる四つの瞳から、悠真くんがその身を乗り出して庇ってくれる。

「でも、いまの言葉、友達らしくなくね？」

　でも、言葉までは塞げない。

　言葉は刃だ。

　斬りつけられる者しか凶器と認識できない刃だ。

　だからきっと、彼らは意図せず、考慮せず、斟酌せず——

「そこまで言うなら、べつに香菜には無理して一緒にいてもらわなくていいしよー」

自分が正しいと思ったまま、ウチの身体を斬り刻む。

「慎也、直人……！」

「もういいよ、悠真くん」

斬り刻まれたウチが、ここにいる権利も、ここにいたいと思う気持ちもなかった。

「ごめん……！」

もう馬鹿らしくなった。

ウチはなにに手を伸ばしていたのか。

ウチはなにが欲しかったのか。

金色に煌めくそれは黄金。しかし重厚なインゴットではなく、砂金だったのではないか。

掴んだらサラサラと、まるで砂のように手のひらから零れ落ちてしまったのではないか。

あとに残ったのは、つけられたばかりの刀傷だけだった。

「香菜！　ちょ、まって！」

「亜沙美、ごめんね。悠真くんも」

自分の革袋を手にとって、宿を飛び出した。

――行くあてなんて、あるはずもなかった。

2　許せないものと色褪(いろあ)せない記憶(きおく)

自室にて。
ステータスモノリスからまろびでる光が、俺たち四人を包んだ。

《レベルアップ》
藤間透　☆転生数0　LV3／5（＋1）　EXP1／21
▼——HP12（＋1）　基本HP11×1.1＝12
▼——SP15（＋1）　基本SP11×1.1＝12
【SPLV2】×1.2　【技力LV1】×1.1
▼——MP13（＋1）　基本MP11×1.1＝12
【MPLV1】×1.1

―――――――――――――――――
足柄山沁子(あしがらやましみこ)　☆転生数0　LV3／5（＋1）　EXP1／21
▼――HP9（＋1）　基本HP7×1.1＝8
【HPLV1】×1.1
▼――SP21（＋2）　基本SP16×1.1＝18
【SPLV2】×1.2
▼――MP9（＋2）　基本MP8×1.1＝9
【MPLV1】×1.1
―――――――――――――――――

―――――――――――――――――
灯里伶奈　☆転生数0　LV4／5（＋1）　EXP10／28
―――――――――――――――――
▼――HP10（＋1）　基本HP8×1.1＝9
【HPLV1】×1.1
▼――SP7（＋1）　基本SP7×1.1＝7

▼――MP39（＋4）　基本MP20×1.1=22
【黄昏の賢者（トワイライト・フォース）LV1】×1.2　【MPLV2】×1.2　【魔力（まりょく）LV2】×1.2

コボたろう（マイナーコボルト）☆転生数0　LV3／5（＋1）　EXP2／9
スキルスロット数3（＋1）

▼――HP18（＋2）　基本HP16×1.1＝18
▼――SP12（＋1）　基本SP11×1.1＝12
▼――MP2（＋1）　基本MP2×1.1＝2

20カッパー、コボルトの槍二本、エペ草二枚、ライフハーブを持ったままステータスモノリスに触（ふ）れ、俺たちは無事レベルアップを果たした。

「はわぁ……灯里さんのMPすっごいですねぇ……」

「あはは……私、これしか取（と）り柄（え）ないから」

灯里のステータスを初めて見たけど、最大ＭＰ39ってすごいよな。【黄昏の賢者】ってユニークスキル、ＬＶ１でＭＰが二割も増えるのか。それも相まって半端なくＭＰが多い。めちゃくちゃ羨ましい。

俺のＭＰもこれくらいあれば、召喚だって呪いだって使い放題だ。

灯里のスキル、県内有数の進学校、そのクラストップの成績だっていうのも関係してんのかな。

「いつもぶっ放してる火矢とかって消費ＭＰいくつなんだ？」

「本来なら６だよ。いまはこの杖があるから５だけど。治癒はＭＰ７とＳＰ２かな」

「うお、結構……っていうか思ったより全然消費大きいのな。ガンガン撃ってるから３とか５だと思ってたわ」

「うん。でも、モンスターが居ないところで休憩させてもらってるから大丈夫だよ」

マジかよ。消費ＭＰ６って俺の場合、魔法二回でヘロヘロじゃねえか。最大ＭＰが増えるとある程度自然回復力も上昇するってリディアが言ってたけど、灯里からすれば６とか５のＭＰなんてすぐ回復しちまうのか？

しかしまあ俺はともかく、今回のレベルアップでコボたろうのＨＰが２上昇したのはありがたいな。たった２？　馬鹿言え、16から18の２はでかいだろ。

……と、そんななか、部屋のドアがノックされた。

《コボたろうが【槍LV1】【戦闘LV1】【攻撃LV1】をセット》

コボたろうが警戒の構えをとり、扉へ槍を構える。さっそくみっつのスキルをセットしているところは可愛いが、少し警戒しすぎなんだよなあ……。

「邪魔するよ」

唐紅のポニーテールが遠慮なく部屋に入ってくる。この安宿、とまり木の翡翠亭の女将、エリーゼだ。

コボたろうは構えた槍を【コボルトボックスLV1】に仕舞い、警戒を解く。

……ちなみに俺をかばうように前に出たコボたろうを見ても、女将は切れ長の目をちらりと流しただけで、なんの動揺もない。コボたろうが召喚モンスターだからだろうか。

いや、なんだろう。

たぶんこの女将、相当強い。

べつに筋肉がもりもりなわけではなく、多少若く見える奥さんって感じだ。ちょっとヤンキーぽいというか、元レディースみたいな雰囲気はあるけど。

でも、たとえコボたろうが奇をてらって槍を繰り出しても、吹き飛ぶのはコボたろうのほう……そんな気がする。

「なんかさ、宿の前に革袋を担いだ女の子がふたりいるんだけどさ。――知り合い？」

窓に近づこうとする俺たちをコボたろうが手で制し、外を覗き込んだ。

「がう……がう」

振り返って二度吠えるコボたろう。

くっ……！　誰と誰だ、と名前を口にしているのだろうが、いかんせんコボたろうと俺では言語の壁みたいなものがある。

しかしコボたろうは教えてくれている。女子ふたりの名前を。

召喚士として、理解してやりたい。

俺の周りに居る女性なんて、アッシマーと灯里を除けば、リディアとココナくらいしかいない。

しかしリディアは革袋を持たない。なんなら武器すら持たない。街中では自分のアイテムボックスに仕舞っているから。それ以前にリディアはもうここの住人だし、ココナなんて女将の娘だ。女将が俺たちのほうへやってくることはない。

「……もしかして、高木と鈴原じゃねえの？」

「がうがうっ♪」

コボたろうの顔がほころんで、俺に正解だと教えてくれる。よっしゃあああぁぁああっ！

「そのおふたりしかありえないですよぅ」

俺のガッツポーズにアッシマーが悪意のない声で水を差した。くそっ、べつに阿吽の呼吸ごっこをしたっていいだろ。

「えっ……どうしたのかな」

「灯里、行ってやれよ。どう考えてもお前に用事だろ」

灯里は俺に頷いて、ぱたぱたと部屋を出ていった。

窓からこっそり下に目をやる。

やがて宿の入り口から灯里が姿を現すと、昼前の喧騒のなか、鈴原はぺこぺこと、高木は両手をあわせて、おそらくはごめんなさいのポーズを灯里に送っていた。

高木と鈴原の訪問。

灯里は話が長くなりそうだと判断したのか、窓の外から俺に「あげていい？」とジェスチャーする。

べつに俺に訊く必要なんてないんだけどな、なんて思いつつ手招くと、三人はホッとした顔をして部屋にあがってきた。

「もうマジでありえないし！　マジムカつく！」

高木は唾を飛ばす勢いでに状況を説明する。

「ウチが悪いんだよー。ごめんね、亜沙美まで巻き込むつもりなんてなくてー」

「香菜が謝る必要なんてないっしょ。悪いのはあいつら。友達のコトあんなふうに言われて、もーマジ顔も見たくないってなったし！」

どうやらパリピグループで内輪もめがあり、鈴原と高木はグループを抜けてやってきたというのだ。

——すべての荷物を持って。

「伶奈、あんたストレージボックスに何も入れてなかったよね？　これ、伶奈の荷物」

「う、うん、ありがとう」

戸惑ったままそれを受け取る灯里。

人の心がわからない俺でもさすがにわかる。

この流れは——

「そ、それじゃ、それだけだから」

——あれ？

そう言って、すごすごと部屋を出ていこうとする高木と鈴原。それを灯里が引き止める。

「香菜ちゃんも亜沙美ちゃんも待って。……これからどうするの？」

「どうって……あはは、どうしよっかー」

「なんとかなるっしょ。敵が一体なら、遠くからだったらあたしと香菜のふたりだけでもモンスター倒せるし。お金稼いで宿屋探すかな」

どう考えても、ここに住む流れだと思ったんだけど、違うのか。

……まあ俺が口出しすることじゃねえし、べつに――

「あのさ、ここも宿なんだけど」

未だ部屋に残っていた女将が、にいっと口角を上げた。

この目は――

「住むとこ、なくなったんでしょ？　ウチ来なよ。まあ多少ボロいけどさ、安いしご飯も美味しいよ」

俺たちに食事を勧めるときの目だった。ようするに、目が金だった。

「あ、ん……どーすっかな……」

「お言葉はありがたいんですけどー……あはは、どうしようー」

ふたりは困ったような顔をして、俺のほうをちらちらと見やる。

なんで俺？

「高木さん、鈴原さん、だいじょうぶですよ」

そんなときに、俺の隣にいたアッシマーが口を開いた。視線がアッシマーに集まる。

「わたしも藤間くんも、だいだい、だーい歓迎ですっ！」

飲んでいた水を噴いた。

「部屋を汚すんじゃないよ」と女将に睨まれた。そうして俺がぺこぺこと頭を下げているうちに、

「い、いいの？」

「ほんとに？」

鈴原はともかく、高木までもが弱々しい声を出して、アッシマーと俺を交互に見やる。

「歓迎なんて……ぐぼっ」

口を開きかけた俺の脇腹に、女将の拳がそっと触れた。触れただけだというのに、身体を貫かれたように戦慄がはしる。え、なに、この女将、車とか拳で壊せちゃう人？　ボーナスステージで車ボコボコにしてオーマイガーとか言われちゃう系？

「……つーかなんでさっきから俺のほうをちらちら見てくるんだよ。好きにすりゃいいだろ？」

「あ……いやだってさ。あんた、あたしらがこっちに住むの、イヤじゃない？」

「べつにいやとか思わねえよ。……まあすこし抵抗あるけど」

「それ同じ意味だから！　あんたこの流れでちょっと正直すぎない⁉」

高木ががびーん！　としなやかな身体を伸ばしてツッコんでくる。痛い痛い。脇腹痛い。

女将が拳に力を入れるんで脇腹が痛い。

「正直ついでに言っちまうけど、べつにお前らのことはいやじゃねえ。つーかぶっちゃけいろいろ言いすぎたぶん、申しわけなく思ってる。でもあれだろ？　お前らが仲直りして、こっちのほうが良いってわかったら、あのふたり……名前はわかんねえけど、あいつらもこっちに住むってなりそうだろ？　それがいやなんだよ」

謝って済まされることじゃないけど、かつての暴言を、こいつらは許してくれた。それには感謝してる。

一緒に何度か採取をしたり、戦闘をしたりして、こいつらが良いやつ……というか、俺とアッシマーに攻撃的じゃないってことはもうわかってる。

小学校、中学校とパリピに虐められ続けてきた俺が、パリピとか陽キャとか陰キャとか、そうやって単純に分け、こいつらが悪だと思ってしまったかつての自分を恥じた。

だからこいつらふたりと祁答院ならなんとも思わない。

……でも、あいつらは。

しかし『あいつらがこっちに来るのはいや』というのは結局、俺が中学校までされていたことをやり返してしまうだけなのではないか。

散々ハブにされてきて、つらい思いを味わった俺が、結局ハブにする側にまわってしまうのではないか。

でも。

──それでも、あいつらふたりは、べつだ。

あいつらは、俺を虐めてきたパリピ像となにひとつ違わず、見下してきた。

それだけならばまだしも、

『あれ地味子じゃね？』

『あー、ならべつにいいわ』

あいつらは、きっとこの先、アッシマーを傷つける。

人は傷ついて強くなるという。

雨に濡れ、風に吹かれ、踏まれて強くなる雑草のように。

それでも、許せない。

アッシマーがあいつらに傷つけられるのは、許せない。

「だからべつに俺の意見なんて必要ない。もしもあいつらがここに住むのなら、俺はアッシマーを連れてここを出る」

それは灯里にも言った言葉。

アッシマーの意見も聞かずにこんなことを口にするのは抵抗があったし、勇気の要ることだった。

けれど。

『き、キモくない、です』

濁った瞳を閉じれば、しかし鮮明に蘇る。

あの日の背中を、あの日の勇気を、あの日の震える肩を、そしてあのときの胸の高鳴りを、俺は、一日、一時間、一分、一秒たりとも忘れていない。

いつまで覚えているつもりなのだろうか。

きっと、どれだけのときが過ぎても、色褪せない。

そうありたいと、そうであってほしいと、心から思う。

そして、生まれてはじめて、俺が自分より大切に思った少女を、絶対に守りたいと。

◆　◆　◆

灯里、そして高木と鈴原がとまり木の翡翠亭に住むことが決定した。

俺とアッシマーが201号室、その隣の202号室がリディアと灯里、更にその隣の203号室に高木と鈴原が住むことになった。

とはいえリディアは外出中のため、灯里は一旦荷物を高木と鈴原の部屋に置き、ふたたび201号室。

女四名、男一名の非常に困った状況である。しかし先ほどリディアがいたときとは違い、いまの俺にはコボたろうがついている。

——というのに。

「うり、うりうり」

「く、くぅーん……」

コボたろうはアッシマーのベッドで高木にうりうりと撫でられまくって、困りきった顔をしていた。

「お、おい、高木、そのへんで……」

「んー、もうちょい。うりうりー」

ちなみにコボたろうは高木が近づくなり【HPLV1】【体力LV1】【防御LV1】をセットし、完全防御の態勢である。そのうえ俺に救いを求める目をしているんだが、どうにもダメだ。

以前、ありえないくらい暴言を吐いて、そのあといいやつじゃんって知ってしまったから、それが引け目となって高木たちに強く言えない。すまんコボたろう。

こんな状況を打破するには、俺みたいなモブじゃダメだ。たとえば――

「祁答院はどうしたんだよ」

存在エクスカリバーみたいなやつじゃないとどうしようもない。

「悠真くんは向こうに残ってふたりをなんとかするって。……あははー……押しつけてきちゃった……」

鈴原の顔に影がさす。それと同時に高木の顔も暗くなる。アッシマーがはわわわわとわたわたして、俺に抗議の視線を送ってきた。え、もしかして俺地雷踏んだ？

「ごめん、ね。……私の、せいだよね、きっと」

このなかでいちばん暗い顔をしているのは灯里だ。なぜ灯里のせいなのか俺にはわからないが、仲良しのこいつらにはわかるのだろう。

「そんなんじゃないし」

「伶奈は悪くないからね？　本当にウチが悪いのー。ごめんね……」

そうしてまた落ち込む。それを見たアッシマーが、

「あ、ああーっ、そうでしたそうでした！　灯里さん灯里さんっ、さっきのレア盾、鑑定していただいてもよろしいでしょうかっ」

不自然なくらい大きな声をあげた。一瞬驚いた顔をした灯里だったが、やがて柔らかく笑って立ち上がる。俺はアイテムボックスから『？・？・？・？・？・？』表示の盾を取り出し、灯里に手渡した。

☆ブークリエ・ド・アモーレ（レザーシールド）

DEF0.45　HP3

（要：【盾LV1】）

スキルレベル上昇：

【盾（＋LV1）】【防御（＋LV1）】

【回復魔法（＋LV1）】【愛（＋LV1）】

スキル習得：

【インスタントヒーリングLV3】

盾ランク2、レザーシールドのユニーク。

一日に一度だけ、無詠唱で無償の【治癒LV3】が使用できる。


「「「おー…………」」」

アッシマーの言うとおり、レア――ユニーク盾だった。

なんの変哲もない茶色な革の丸盾だったのに、灯里が鑑定した直後、茶色から桃色に変色し、盾の中央に赤いハートの模様が浮かび上がった。

「なんだこのファンシーな盾……」

触ってみると材質は間違いなく革。……なんだけど、めっちゃピンク。もうピンク髪にしたあのイケメン芸能人と同じくらいピンク。

俺がドン引きしていると、高木、鈴原、灯里が顔を寄せあってなにやら言っている。俺がそちらに胡乱な目を向けると、

「あ、いや、これ凄い色だから覚えてたんだけどさ」

「これ、とても高価なものだよ」

なんでもパリピグループ六人で街中を巡っていたとき、現地民が市場でユニーク防具の競売をしているところを目撃したらしい。その際、この悪趣味な盾もラインナップに含まれていたそうだ。

「接戦だったよねー。20シルバー！　22シルバー！　って」

「え、なに？　マジで？　そんな高いのか？」

「結局34シルバーで落札してたの。だからこの盾、すごく良いものだよ」

「「34シルバー!?」」

俺とアッシマーの声がハモる。34シルバーつったら三万四千円だろ？　すごくね？

レザーシールドのスペックがＤＥＦ0.45。この盾はＨＰ３、追加で上昇するだけだ。しかしこの盾が高価になる理由は、特殊効果である、一日一回だけ無償で使用できる【インスタントヒーリング】にあるらしい。

【盾ＬＶ１】さえ習得していれば誰でもヒーリングが使えるから人気なの。六人パーティでこの盾を六枚所持していれば、それだけでヒーリングが六回使えるっていうことだから」

「ちなみに一枚の盾を何人かで使い回すことはできるのか？」

「できないみたいだよー。この盾がたくさんあっても、インスタントヒーリングは一人一日一回だってー」

よどみなく答える鈴原。

「……訊いておいてあれなんだけど、やけに詳しいな」

「だってあたしらそのへんの冒険者に訊いたし」

当然のようにそう返す高木。

くっ……！　これがパリピ……！　普通そのへんの冒険者に訊くとか怖すぎて無理ゲーだろ。

ともあれこの盾がすごいものなんだってことはわかった。

しかしこれがどれだけ高価なものであったとしても、俺たちにはあまり関係がない。

「アッシマー、さっき【盾ＬＶ１】のスキルブックを買ってたよな」

「はいぃ……買いましたけど……」

「んじゃ、ほれ」

アッシマーにファンシーな盾を渡す。「三人とコボたろうでゲットしたもんだけどいいよな」と振り返ると、灯里は微笑んで頷いてくれる。

そんな彼女の肩越しに、高木と鈴原の唖然とした顔が見えた。

「はぁぁぁぁあああああああ!?　だ、だめですよぅ！　こんな高価なもの、頂けませんっ！」

絶叫するアッシマー。ピンクの盾を俺に押し返してくる。

「頂けません、じゃねえんだよ。装備しろって」

「で、でも……。ううっ、この盾を売って、全員のスキルブックや装備を整えたほうがいいんじゃないですか？」

アッシマーの言うこともわかる。

手に入れた金はすぐスキルブックに消えちまうし、イマイチ装備も整わない。金があれば解決するし、なによりも無人市場で意思を購入すれば、ふたりめの召喚モンスターが得られるのだ。

……もっとも、俺のMPが追いついていないのが情けないところではあるが。連続召喚はおろか、たぶん召喚疲労でぶっ倒れてしまう。

コボたろうが闘っているあいだ、あれだけやることがないかと探した俺だ。当然、アッシマーが自分にできることがないかを探していたことも知っている。

そしてアッシマーは、盾を選んだ。

俺たちの剣である灯里を護る盾であることを選び、身を挺して、凶刃――ロウアーコボルトの矢から、ことごとく灯里を護ってみせた。

馬鹿野郎。

灯里だけじゃねえ。

お前にも矢が命中したら、どうすんだよ。

それが怖くて、思わずさっき、コボたろうと同時に飛び出した。

HPが3増えて、一日一回とはいえ、自分でもヒーリングが使えるのならば……。

『は、はうぅぅぅ……痛いですぅ……』

いやな妄想。

アッシマーに命を穿つ矢が突き立つ光景。

アッシマーが痛みに顔を歪める光景。

アッシマーが緑の光に包まれてゆく光景。

「いいから装備しろ。装備しないならこの盾捨てるぞ」

「は、はわわわわ……！　わ、わかりましたぁ……！　そ、装備します、しますからっ！」

そんな危ないこと、しないでくれよ。

――言えるわけがない。闘いに身を置く以上、そして無防備に己を晒して詠唱する灯里を前にして、そんなことを言えるわけがない。

「えへへ……。じゃーん☆　似合ってますか？」

「あざというえに趣味の悪さが相まってヤバすぎる」

「がびーん！　藤間くんちょっと理不尽すぎませんか⁉」

そして、34シルバーだろうが３４０シルバーだろうが３４００シルバーだろうが、受け皿にどれだけのものが積まれようと、もう片方にお前が乗る天秤は、揺らぎはしない。

「あっ、あのっ、そのう……ふ、藤間くん？」

「あ、悪ぃ」

気づけばアッシマーを見つめていた。

誰かに袖を摘まれ、振り返ると灯里が涙目で頬を膨らませている。

決して揺らがないと思ったばかりの俺の天秤は、しかしその顔を見た途端、不安定にぐらぐらと揺らめいた。

◆　◆　◆

レベルアップにおける上昇値が少ない……そう嘆いたことが俺にもあった。

いやもう実際、マジで少ない。能力値が1.1倍になる仕組みだからと理解していても、ＬＶ２からＬＶ３になって、ＨＰＳＰＭＰが全部1ずつしか上昇してないとか本当どうなってんだよって感じだよな。馬小屋システムならリセット案件だろこれ。

でもステータスってのは、あくまでも目に見える能力であって。

スキルスロットが増えたこともあり、コボたろうは目に見えて強くなっていた。

《コボたろうが【槍（やり）ＬＶ２】【攻撃（こうげき）ＬＶ１】をセット》

「ぐるあああああっ！」

「ギャアアアアッ！」

コボたろうが両手に持った槍で、マイナーコボルトを一体討（う）ち取った。そこに襲（おそ）いかかる一本の槍――

「コボたろう、危ねえっ！」

《コボたろうが【回避（かいひ）ＬＶ１】【俊敏（しゅんびん）ＬＶ１】【警戒ＬＶ１】をセット》

「がうっ……！」

「ギャッ？」

瞬時（しゅんじ）にスキルをセットして回避。そして――

《コボたろうが【槍ＬＶ２】【戦闘ＬＶ１】をセット》

「がうっ、がうっ！　ぎゃあうっ！」

「グッ、ガッ、ググッ……！」

応戦し、エシュメルデ平原に火花を散らせてゆく。

「こっち終わった！　コボたろうは？」

「援護するよー！」

四体のマイナーコボルトから挟み撃ちにあった俺たち。

高木、鈴原、灯里、アッシマーの四人は二体のコボルトを片づけて、こちらに駆け寄ってくる。

「えーいっ」

鈴原の持つ洋弓から放たれた一筋の矢はマイナーコボルトの脚を貫いて、潰れたような悲鳴を響かせる。

「がうっっ！」

「ギャアアアアアッ！」

その隙にコボたろうは槍の穂先をコボルトの喉へ沈め、四つ目の木箱を出現させた。

《戦闘終了》

《2経験値を獲得》

剣を振るったりするわけではない俺とは違い、コボたろうはレベルアップの恩恵を受け、明らかに強くなっていた。

「いっちょあがりぃー」

闘い慣れているのか、高木がなんでもないように、取り出した矢を背に担いだ箙に仕舞う。

「やったねコボたろうー」

「が、がうっ」

トドメへのアシストをした鈴原が抱きついて、コボたろうの毛むくじゃらの身体をほんのり赤くした。

「箱明けますっ」

「あ、しーちゃん待ってー。ウチも手伝うよー」

「はわわわわ、は、はいっ」

むしろ開放されたコボたろうよりも赤くなったのはアッシマーのほうかもしれない。

しーちゃん。

沁子のしーちゃんだ。

稼ぎに行こうと宿を出る前、鈴原が「足柄山さんはちょっと呼びにくいかもー」と言い出したのが発端である。

『で、では、もしよろしければ皆さんもアッシマーと……』

『んー、前から思ってたんだけど、アッシマーって名前もなんか呼びにくいんだよね。センスゼロ』

思わぬところからの爆撃を受け、俺が密かに傷ついているうちに女子どもは相談を始める。

やれ〝しみちゃん〟もなんだかなー。

やれ〝沁子ちゃん〟はちょっと嫌ですぅ……。

やれ〝アッシー〟も悪くないけど、移動用のオトコっぽいよねーみたいな感じで。

それで結局、灯里が提唱した〝しーちゃん〟に決定したわけだ。

「しー子、香菜、なんかいいもん出た？」

「レアは出ていないみたいですぅ……」

「こっちもいまいちだよー」

ちなみに高木は〝ちゃん〟付けには抵抗があるらしく、いまのように〝しー子〟やら〝しー〟と呼び捨てで呼んでいる。

無論これは女子のあいだだけで、俺がそんなこっ恥ずかしい名前で呼べるわけがない。

「アッシマー、かさばるもんがあったらアイテムボックスに仕舞うぞ」

「はいっ、ならコボルトの槍を四本と、この弓をお願いしますっ」

「あいよ」

アイテムボックスの半分が一瞬で埋まる。持ちにくいものを収納できるのはありがたいけど、容量10だと足りないよなあ……。

ダンベンジジリのオッサンから貰ったユニークブレスレット『☆ワンポイント』のスキルレベル上昇をアイテムボックスに割り振れば、容量は20になるらしいけど、スキル【☆召喚MP節約】に割り振っているし、これはさすがに外せない。

ある程度の槍や武器防具は担ぐことになるだろうとなかば諦めつつ、次の採取場へと向かうことにした。

俺とアッシマー、コボたろうのLVが3。

灯里、高木、鈴原のLVが4。

こう言うと俺たちのレベル差は1のように聞こえるが、実際にはもうすこし大きい。

灯里たちはLV3からLV4にレベルアップする際にホモモ草で足止めを食っていたから、そのぶんの経験値が蓄積している。だから俺たちがLV4になるよりも先に彼女たちのほうがLV5に到達するだろう。

「んで、LV4からLV5へ上昇させるのに必要な素材が『ジェリーの粘液』って素材か」

「うん。これが厄介でさー。伶奈がいないとどーにもなんないんだって」

俺がまだコボルト以外に出会っていないだけで、この世界には当然、たくさんのモンスターが存在する。

槍を扱うマイナーコボルトは『コボルトの槍』をドロップする。

槍と弓を扱うロウアーコボルトは『コボルトの槍』か『コボルトの弓』をドロップする。

で、高木の言う『ジェリーの粘液』というのは、スライムのようなモンスター……ジェリーの最下級『マイナージェリー』からドロップするそうだ。

このジェリーっていうのが厄介で、低ランクモンスターのくせに【斬撃耐性】と【刺突耐性】を持っていて、高木や鈴原の矢、祁答院たちが扱う剣の通りが悪く、魔法使いの灯里がいなければ苦戦必死——どころか、五対一でも倒すのがやっとらしい。

「ウチらいままで五回くらい倒して、ジェリーの粘液を三つ手に入れてるんだけどー。全部男子が持ってるんだよねー」

「そーそー。だから見かけたら優先的に倒したいんだって。……あたしら、あいつに対してはなんにもできないけどさ」

……刺突耐性ってことは、弓矢だけじゃなく、コボたろうの槍も通じないだろう。

倒す手段としては、前衛が防いでいるあいだに灯里が詠唱し、魔法で倒すしかないっぽいな。

つーか序盤から物理耐性持ちか……。やはりこの異世界はマゾゲーらしい。

「俺、ジェリーって見たことないんだけど。たぶんアッシマーもだよな」

「はいですっ」

「んー、あたしら結構見かけるんだけど……。ダンジョンとかのほうが多いかも」

そういやリディアが、サシャ雑木林に出てくるモンスターはマイナーコボルト、ロウアーコボルト、マイナージェリー、フォレストバット程度しかいないって言ってたな。ってことは、サシャ雑木林には出現するってことになるが……。

「藤間くん藤間くん、サシャ雑木林でしたら、まだリディアさんがいらっしゃるかもですねっ」

「んあー……そうだな………」

いつの間にかダンジョンアタックをしようかという流れになっている。

俺たちは五人とコボたろうのパーティだ。人数が多い状態で金を稼ぐなら、それぞれに分配される戦闘よりも、各自で採取を行なったほうが稼げるに決まっている。

しかし今日の目標はレベルアップ。高木と鈴原の加入で戦力は大きく拡張されたが、経験値が五人で分配されるぶん、たくさんのモンスターを倒さなきゃいけない。

これはプラマイゼロのように見えるが、大きなプラスである。
というのも――

《コボたろうが【槍LV2】【戦闘LV1】をセット》

「モンスターだっ！」

南からやってくるモンスター御一行（ごいっこう）。

槍を構えたマイナーコボルト二体、弓を構えたロウアーコボルト二体だ。

高木と鈴原がいなければ、弓持ち二体を含む団体様なんて倒せるわけがない。

「がうっ！」

「コボたろう、むやみに出るんじゃねえ！　高木、鈴原、灯里！」

槍持ち（やりも）ちと弓持ちが同時に現れた場合、行動なんて知れている。

「損害増幅（アンプリファイ・ダメージ）……！」

「あいよ。……おらぁッ！」

「いくよー。えーいっ」

「炎（ほのお）の精霊（せいれい）よ、我（わ）が声に応えよ……！」

まずは弓コボルトが前に出て、矢を射（い）てから槍持ちが突っ込（こ）んでくるんだ。

だから、そこを討つ…………！

「「ギャアアアッ！」」

呪(のろ)いの効果で、高木と鈴原の放った矢のダメージが増幅する。弓コボルト二体は衝撃(しょうげき)で吹(ふ)き飛び、緑の上で痛みにのたうちまわる。

「ぐるる……」

「コボたろう、まだ我慢(がまん)しろっ！」

「火矢(ファイアボルト)っ！」

詠唱の終わりと同時に、ピンク色の盾を構えていたアッシマーが灯里の正面を退(の)き、射線をあける。

　轟(とどろき)ッ！

『☆マジックボルト・アーチャー』から放たれる炎の矢は、槍コボルトの片方を瞬時に光へと変えた。

「頼(たの)んだ、コボたろう！」

「がうっっっ！」

　敵との距離(きょり)が一〇メートルに縮まったとき、四体いたモンスターで十全に動けるのはマイナーコボルト一体のみになっていた。

「ギャウッ！　ガ、ガッ！」

「ぐるぁっ！　ぎゃあぅ！」

コボたろうは敵の繰り出す槍を己の槍で弾いて応戦する。

ガツガツと命のやり取りが行なわれ、六合目——

「ギャアアアッ！」

コボたろうの頬を掠める長い槍。コボたろうは頬に傷を、しかし相手のコボルトの喉にはコボたろうの槍が突き刺さっていた。

モンスターが光に変わると、コボたろうは、高木たちに射られ緑の上でぴくぴくと痙攣するロウアーコボルト二体のもとへ。

「すまん。悪く思うなよ」

お前らは俺を殺す。

俺はお前らを殺す。

その歯車を俺は否定しない。

お前らが俺を殺しても、俺はそれを否定しない。

だから、すまねえ。

俺がぽつりと呟いた贖罪の言葉と同時に、コボたろうの穂先から二条の緑の光がたちのぼった。

「……あはは、安心したよー」

「ふーん。……あ、いや、香菜。これがふつーなんだってば」

鈴原と高木はなぜか俺のほうをちらちらと見ていた。鈴原の言う安心ってのは、モンスターに勝利できて安心した、ということではなく、

「……んだよ」

「ごめんねー？　その、悠真くん以外の男子……慎也くんと直人くんなんだけど、その……………あはは……」

「慎也と直人が特殊なんだって。いやさ、あいつらモンスターを倒すとき、その……趣味悪く倒すから、香菜と伶奈が怖がるんだって」

あー……。

たしかにあいつら、モンスターを殺すことそのものを愉しんでいたもんな……。

「そんなこと、藤間くんがするわけないよ」

俺のかわりに灯里が応えた。それにふと、続こうとして――

「まあ俺だしな。そう思われてもしょうがねえけど、日頃のストレスを関係ない誰かで晴らそうなんて――」

そんなことはしない。

そう続けようとして、止まった。

日頃のストレスを関係ない誰かで晴らすなんて――

だったら。

『罰ゲームなら他所でやれ』

『人の名前間違えてマウント獲ってんじゃねえよゲロクソビッチ』

『二度と話しかけんなパリピ。バーーーーカ』

だったら、関係ないこいつらに、俺の過去からくるパリピへの思いのたけをぶちまけた俺は、なんなのだろうか。

勝手に陰キャと陽キャという大雑把な区切りをして、なんら関係のないこいつらを敵と見てしまい、過去のストレスを発散した俺はいったいなんなのか。

一度、謝った。

ひどいことを言って、すまなかったと。

それでも、ちゃんと謝ることができていない。

なぜ俺があんなことを言ったのか、俺がどれだけ最低だったのか、こいつらに話していない。

そんなんじゃ、謝ったことになんて――

「藤間くんはそんな人じゃないよ、藤間くんは優しくて、弱いものイジメなんて――」

「わかったわかった、あたしらが悪かったから」

「伶奈ごめんねー？　藤間くんも…………おーい、藤間くーん？」

「んあ……わ、悪ぃ」

俺の目の前でぶんぶんと手を振る鈴原。それで我にかえった俺は、仄暗い思考の海から現実へと引き戻される。

「箱あけますぅー」

「あ、しーちゃん、ウチも手伝うよー」

アッシマーと鈴原が木箱へ駆けてゆくと、なんとなく灯里もそれに続き、俺は高木とふたりでその場に残された。

開錠タイム。残されたのは俺と高木という、変な組み合わせ。

「迷惑……じゃない？　あたしら」

先に口を開いたのは高木だったが、思いのほか、か細い声だった。

「なんでだよ」

「いやさ。あたしと香菜がいなくてもモンスターって倒せるわけじゃん。なのに、経験値とかお金とかアイテムとか分けるわけじゃん？　迷惑じゃないかなって」

　上目でちらちらと窺ってくる金髪。

　最初に出会った頃の高圧的な高木は、そこにはいなかった。

「迷惑とは思ってねえ。気にかかることはあるけど、少なくとも戦力が増強されたのには間違いねえし、現にさっきのモンスターだってお前らがいねえと倒せなかったしな」

　灯里の魔法は強力だが、詠唱に時間がかかり、そのうえ無防備だ。どうしても弓による先制攻撃を許してしまう。

　その点、高木と鈴原ならばそんなことはない。コボたろうさえ相手に気づくことができれば、向こうは攻める側。こちらは守る側。滅多なことがない限りこちらが先手を取れるのだ。

　さらに言えば、火力不足の洋弓のダメージを俺の呪いで増幅させることができる。コボルトにとっては致命打だ。

「ふーん。そ、そっか。……んで、気にかかることってなに？」

「ん……まあそのなんだ、祁答院のことだ。あいつ、あのふたりと一緒にいるんだろ。……大丈夫なのかよ。べつに俺には関係ないけどよ」

　ちらと高木を見やると唖然とした顔をしていたが、やがてぷっと噴き出した。

「ぷっ……くくっ……。なに、気になんの？　悠真のこと」

「べ、べつに気になんてならねえけどよ。その……あれだ。どうしてんのかなと思って」

笑いをこらえていた高木は我慢ができなくなったのか「あっははは！　それ、完全に気になってるやつじゃん！　関係ないとか言っといて！」と屈託なく笑いだす。なんだよ少しくらい我慢しろよ。ケ■ッグコンボかよ。

ひとしきり笑ったあと、高木は糸が切れたように俯くと、

「あの、さ」

緑草に視線を落としたまま、力なく呟いた。

「もしも、さ。悠真がこっちに来るってなったらさ。やっぱりいや？」

「は？　……言ったろ。べつにいやとかそんなことは思わない。ただ、もしもあのふたりもついてくるんだったら、俺はアッシマーを連れて宿を出る」

これだけは譲れない。絶対に。

「……さっきから思ってたんだけど。ずいぶんとしー子のこと、かばうじゃん」

暗く落ちた顔が上がったとき、高木の顔には、俺に対する抗議が含まれていた。

「かばうとかそんなんじゃねえよ。でも、俺は……」

「でも、なに」

高木がぐいと身を乗り出し、切れ長の目で俺を睨んでくる。いつもの高木にたちまち戻ってくる。

「どの口で言ってんだよ、って思う。自分にブーメランが刺さってるのもわかってる。それでも俺は、あいつのことをなにも知らないくせに、あいつを馬鹿にして、傷つけるやつを許せない」

本当にどの口で言ってんだ。

灯里のことを、高木を、祁答院を、鈴原を、なにも知ろうともせず、罵詈雑言を吐いた俺がなに言ってんだって思う。

「この異世界は戦場だ。人間とモンスターは殺しあってる。だから戦闘で傷つくことだってあるだろ。でも、アッシマーは自ら望んでこの場所に立ってる。だからそれは仕方ないと思う。でも、あいつらは違うだろ」

高木の怒気が俺に伝播したのか、それともあいつらの蔑む声を思い出してしまったからなのか。

「他人のことをいっさい悪く言わないアッシマーが、理不尽に、一方的に傷つけられるのは許せない。だから連れていくんだ。そうじゃなきゃ――」

俺が、殺してしまう。

　モンスター未満の、あいつらを。

「……じゃああんた、伶奈はどうすんの」

「あ？」

　どうしてそこに灯里の名前が出てくるのか。しかし――

「たとえば、さ。慎也と直人が、伶奈を傷つけるようなことがあったら――」

「灯里も連れていく」

　それほどあいつらへの憎しみが強かったのか、高木の言葉を最後まで待たず、言い切った。

　でも、お前らは友達同士なんだろ？　そんなこと、あんのかよ。

　そんな疑問を枕につけようとしたが、高木から聞いた、あいつらが鈴原に言い放った言葉を考えると、そんな気すら失せた。

　高木はすこし驚いたような顔をして、長い金髪をくるくると指先で弄び、それでもまた口を開いてゆく。

「でもさ。たとえば、ほかの宿に二人部屋しか空いてなくて、どっちかしか連れていけなかったとしたら？」

　その質問の答えもやはり考えるまでもないことで、言葉の意味をゆっくり咀嚼することもなく、反応だけでも返せることだった。

「簡単だろ。灯里とアッシマーのふたりに宿を移ってもらう」

どちらかを選べなんて、そんなの、選べるわけがない。

「っ……。あ、いやさ。そーゆーのが聞きたいんじゃなくてさ。たとえば、ふたりともがピンチで、どっちかしか助けられないとしたら？」

「モンスターに囲まれてるんなら、灯里を先に助けて灯里と一緒にアッシマーを助ける。でもあいつら……望月とか海野だったか？　に囲まれてるんなら、アッシマーを助ける。灯里にはお前だって鈴原だって祁答院だっている」

他人の心を散々捨てておいた俺でも、さすがにわかる。

灯里が高木たちにどんな説明をしたのかは知らないが、高木の目はこう言っている。宿屋でのやりとりからたびたび、目でこう問うてくる。

『伶奈の想いを知ってなお、あんたはしー子と一緒に住んで、しー子をいちばんに考えるのか』と。

灯里の友人として、俺の態度に許せないところがあるのだろう。

しかし、だからって俺のなにかが変わるわけでもない。

俺を護ってくれたアッシマーの背中を。

あいつらを拒絶する灯里の言葉を。

──天秤に掛けられるわけが、ないじゃないか。

「……まー、あんたがただのチャラ男じゃない、ってことがわかっただけで今日はいっか」

高木は俺にくるりと背を向けて、俺を解放する。すこし遅れて長い金髪がたなびいた。

「誰のことだよ、チャラ男って」

「ぷぷっ……。ま、わかってたけどね。あんた、そんな感じじゃないし」

「あたりまえだろ……」

背で笑う高木。俺は笑う気にもなれなかった。

「んー。あんまり言いたくないけど、やっぱりこれだけは言っとく」

「……んだよ」

もう一度だけ俺に振り返る高木。

怒気も笑いもない、真剣な表情。

「伶奈、マジでいい子だから。ちょっと気が弱いとこはあるけど、優しくて、可愛くて、あたしがいままで見たなかで、いちばんいい子だから」

「………………」

なにも言い返せない。

…………。

そんなこと、知ってんだよ。

「あんなにいい子、ほかにいないから。…………男の趣味以外はね」

「同感だ」

でもそれを口にできるはずもなく、最後の余計なひとことにだけ頷いてみせた。高木はぷぷっ、と笑い、こんどこそ強烈なシャンプーの香りを残して離れてゆく。久しぶりの自虐に、俺も思わず頬が緩んだ。

「藤間くーん！　やりました！　やりましたよぉぉー！」

レアアイテムでもドロップしたのか、遠くでアッシマーが俺に大きく手を振った。それに合わせて胸部も盛大に揺れていることに気づいた俺は慌てて目をそらした。

3　こころ

レアアイテムは基本、ギルドで鑑定してもらうか、灯里の持つ【鑑定】スキルを使用する必要がある。

【鑑定】に必要なSPやMPはそのアイテムに依拠するらしく、今回獲得したレアアイテムは消費するリソースが少なかったため、灯里の判断で鑑定したらしい。

木箱からドロップしたレアアイテムは、蒼い輝き。

以前リディアから購入した『☆コボルトの意思』だった。

「この石ころが、あんたの探してた『意思』ってやつなん？」

「いや石ころって。こんなに眩しく光ってるだろ」

そういえば、と言いながら思い出す。この光は、召喚魔法を使える人間にしか見えないのだ。だから俺にとっちゃ何カラットだよって宝石も、こいつらからすれば石ころにしか見えない……ってリディアも言ってたな。

「こ、これ、貰っていいのか？」

おずおずと問えば、みな頷き返してくれる。高木からは「つーかあんたしか使えないじゃん」と苦笑を向けられた。

「さ、サンキュ。んじゃ遠慮なく――」

これで二体目の召喚モンスターが使用できる。コボたろうもずいぶん楽に――

《☆コボルトの意思を使用します。　0／2　↓　1／2》

……んあ？

胸のなかに蒼い煌めきを取り込むと同時に、そんなメッセージウィンドウが表示された。

「えへへぇ……藤間くん、よかったですねぇ……。これでコボたろうにもお友達ができますねっ」

「がうっ♪」

あれ、なんだよ《0／2　↓　1／2》って。

「召喚、コボじろう！　……あ、あれ？」

来ない。コボルトの意思を使ったのに、コボじろうが来ない。

「あはは―……予想はしてたけど、やっぱりコボじろうっていう名前なんだねー」

「藤間くんどうしたの？　ＭＰ不足？」

「いや、ＭＰはある、ってなんとなくわかる。でもなんか、コボたろうを手に入れたときのような感じがしねえんだよな」

首を傾げながらユニークスキル【オリュンポス】を起動する。

オリュンポス
召喚モンスター一覧

コボたろう　ＬＶ３　消費ＭＰ９↓７《召喚中》
コボじろう　１／２

ここでもやっぱり《１／２》。

ってことはあれか。これが２／２になればコボじろうが召喚できるってことか。

となると……。

「どうやら二体目の召喚モンスターには、意思がふたつ必要らしいわ。悪ぃ」

そういうことだろう。

まあたしかに、6~8シルバーで購入できる『☆コボルトの意思』を一〇個集めたら一〇体召喚できるんじゃ、召喚が強すぎるもんな。

リディアもココナも、厳密に言えば召喚士なんて存在しない、と言っていた。

それは召喚が『魔法使いがモンスターからの壁にするために覚えるもの』だからだと言った。

そして、こうも言った。

『召喚は、すごくお金がかかるから』

俺は、はじめての召喚モンスター、コボたろうを得て、ああ、たしかに金がかかるな、と思った。

モンスターの意思。

召喚モンスターの装備。

召喚モンスターのレベルアップに必要な費用、素材。

そしてスキル。

食費や宿代こそ必要ないが、召喚モンスター一体につき、自分と同じくらいの金がかかる。

召喚魔法が不人気の理由はきっとここにあった。

――そして俺はいま、召喚士は金がかかると改めて理解した。

召喚モンスターが増えるたびに必要な意思が増えていくんじゃ、そりゃあ金も貯（た）まらないよな。

すこし前の俺なら、早く強くなりたいのに、と焦（あせ）っていたことだろう。

しかし俺には、俺のペースで良いんだって言ってくれる人がいる。

こんな俺に、想いを告げてくれた人がいる。

散々テンパったぶん、俺には不思議な余裕（よゆう）があった。

「まあ残念じゃねえって言えば嘘（うそ）になるけど、焦らないことにするわ。どっちにしろいまのままだと最大ＭＰが低すぎてヘロヘロになっちまいそうだしな」

俺の最大ＭＰは13。

コボルト召喚に必要なＭＰは７。本来ならば９なんだが【☆召喚ＭＰ節約ＬＶ１】をダンベンジリのオッサンから貰った『☆ワンポイント』でＬＶ２にして、消費ＭＰは７になる。

損害増幅（アンプリファイ・ダメージ）に必要なＭＰは４。敵が被（こうむ）るダメージを増幅させる呪いはなかなかに強力で、使用できるだけのＭＰも残しておきたい。

すこし前はＳＰ不足で過労死するくらいひいひい言ってたのに、ＭＰまで不足か。

俺、リソース少なすぎじゃね？

◆　◆　◆

「おどろいた。どうしたの」

大して驚いてもいないような顔のリディアがアイスブルーの瞳をこちらに向けた。

サシャ雑木林。昨日拠点として使用していた泉のそばで、リディアはマンドレイクの採取に勤しんでいた。

「リディアさーん、えへへ、こんにちはですっ」

「お邪魔します。私達、ジェリーの粘液を探しにきたんです」

アッシマーと灯里が丁寧に、リディアと面識のある高木と鈴原が「どもどもー」と軽い感じで挨拶を交わした。

コボたろうはといえば、

《コボたろうが【槍ＬＶ２】【攻撃ＬＶ１】をセット》

「がるるる……」

こちらに槍を構え、

「くぅーん、くぅーん」

「…………♪」

前脚を俺の肩にかけ、左頬を舐め回すリアムレアムと、俺の右頬に自らの頬をこすりつけてくるハルピュイアに敵意をむき出しにしていた。

「お、おい、コボたろう落ち着け。つーか待て待て、リアムレアムはともかく、ハルピュイア、ちょっとまて。お前は人間っぽすぎる、ちょっと待てって」

「…………？」

ハルピュイアは腕が翼になっていて、足先が鳥の爪になっていること以外はぶっちゃけ人間なんだよ。コボたろうみたいに毛むくじゃらの身体とかじゃなくて、もうマジで人間の女性なんだって。

二〇歳～二五歳くらいのお姉さん然としたナイスバディブロンド美女が、無邪気な顔で俺に頬ずりしてくるとかヤバすぎるだろ。ボキャブラリーが崩壊するくらいヤバいだろ。まじヤバイ。

「え、なにこれ。あんたムツゴ■ウさんなわけ？」

「わわー、すごいよ亜沙美、藤間くんのところにどんどん集まってくる」

見れば鈴原の言うとおり、あちこちからリディアの召喚獣が集まってきた。

昨日も見た赤いトカゲ……サラマンダーや、電気を放つ鳥——サンダーバードもいる。

あの木陰に隠れている、角を有する白い馬は処女厨で有名なユニコーンだな。俺と目が合うと、ひょいっと木の背に隠れる。そして角を盛大に見せびらかしながら、しかしちらちらこそこそとこちらを窺ってくる。うん、あいつ絶対童貞だ。かわいい。

「は、ハルピュイアさん、だめだよっ……！」

ふたたび俺にくっつこうとするハルピュイアを灯里が止めた。

腕……翼を掴む灯里をハルピュイアが「どうして……？」と心から不思議そうな目で見つめる。

「ぅ……その、藤間くんが困ってるから」

「っ……。…………？」

「困ってる」という単語に反応し、悲しげな顔を俺に向けるハルピュイア。

「いや、あれだ。困ってるは困ってるけど、べつにお前がいやなわけじゃないんだ。ただそのもうすこし、距離をだな……」

「…………♪」

今度は「いやなわけじゃない」という単語にだけ反応し、腕に頬をこすりつけてくる。いや脳内どうなってんの？　お前の脳内にある貸借対照表、貸付金しか書いてないんじゃないの？

「リアムレアム、ハルピュイア、もどって」

「くーん！」

「っ……！　っ！」

俺を助けるためか、リディアが召喚を解除しようと手を翳すと、リアムレアムとハルピュイアは揃って抗議の視線をリディアへ送る。

「ごめんな。俺たちはここへレベル上げと素材集めに来たんだ。リディアの召喚モンスターのお前らに助けられちまったら、俺たちに経験値が入らなくなっちまう」

「くぅーん……」

「…………」

リディアの傍でしょぼくれるふたり。サラマンダーもサンダーバードも、木の陰から覗くユニコーンの角も残念そうにうつむいている。

「なありディア。召喚を解除するのは可哀想だから、俺たちの手助けはしないようにして、リディアの護衛だけさせとくわけにはいかねえか？　俺たちは経験値がリディアとか召喚モンスターに吸われなきゃそれでいい」

「できる、けど。どうして」

心から疑問だ、とリディアの傾げる首とアイスブルーが言っている。

可哀想に思う理由がわからないと。

ましてや自分のものではない召喚モンスターに情をかける理由がわからないと。

……リディアもココナも、召喚モンスターには自我がないと言っていた。

自我がないと決めつけ、まるでもののように扱って、効率が悪いという理由で名前をつけない。

これだけ優しいリディアですら、こうなんだ。

でも、召喚モンスターに自我がないんじゃないだろ。

召喚する人間が、召喚モンスターから『こころ』を奪ったんじゃねえのかよ。

◆　◆　◆

地下だというのに太陽が照りつけるこの不思議なダンジョン——サシャ雑木林は、ダンジョンと冠するだけあって、地上よりもモンスターとの遭遇率は高かった。

「藤木(ふじき)ぃ！　呪いいける⁉」

「思い出したように名前忘れてんじゃねえよ！　藤間だっつってんだろ⁉　損害増幅(アンプリファイ・ダメージ)……！」

呪いを発動させると、増援(ぞうえん)として現れた四体のコボルトに茶色の靄(もや)がかかる。

「えーいっ！」

「ナイス！　おらぁ！」

「光の精霊よ、我が声に応えよっ！」

そのコボルトたちを襲(おそ)う、二本の矢。

「「ギャアアッ！」」

四体のうち二体が鈴原と高木の射撃(しゃげき)を受け、勢いよく吹き飛んでゆく。

残った二体はこちらへと弓を構えている――

やべえ、弓持ち四体だったのかよっ……！

「ほわあああああ！」

向こうからも放たれた二本の矢。こちらのアーチャーふたりを狙(ねら)った矢を、アッシマーが桃色(ももいろ)の盾(たて)で防いだ。もう一本は、灯里……！

「おあぁぁぁあぁぁあっ！」

「敵を穿つ二筋の――きゃっ」

無防備に詠唱中の灯里に飛びつくと、矢をギリギリで避けながら、ふたりで勢いよく草の上に倒れ込んだ。

「い、いってえ……！　灯里、平気か？」

「う、うんっ……！」

顔が真っ赤になった灯里の手を取って引き上げる。くっそ、めちゃくちゃ柔らかくていい匂いするじゃねえか……！

「がるっ！」

「ギャアアアッ！」

いま俺たちが相手にしているロウアーコボルト四体は援軍。

コボたろうは、四体がぞろぞろと現れる前に相対していたコボルトの群れをひとりで抑えていた。

《コボたろうが【防御ＬＶ１】【ＨＰＬＶ１】【防具ＬＶ１】をセット》

反対側から増援が来たため、コボたろうが現存勢力を抑えるしかなかったのだ。

「ガウッ！　ガッ、ガウッ！」

「ぐるっ……ぐっ、がうっっ！」

《コボたろうが【槍LV2】【攻撃LV1】をセット》

その身にいくつも傷を負いながらも、大きな隙を見つけると、スキルを切り替えて最後の一体を突き斃してゆく。

「うるあっ！」

「あたれーっ」

かたや援軍のロウアーコボルト四体は、高木と鈴原の矢に倒れ、全員が無力化していた。

コボたろうはふらふらになりながら全ての敵、その喉に槍を突き立て、木箱へと変えてゆく。

《戦闘終了》

《5経験値を獲得》

戦闘終了メッセージが俺達に安寧を運んできた。みな息をつき、弛緩した空気が流れる。

挟み撃ちにあった戦闘で倒したのは、マイナーコボルト二体とロウアーコボルト六体。

マイナーコボルトの経験値は2。ロウアーコボルトの経験値は3。合計22の経験値を五人で割って、ひとり当たり4.4の経験値を入手した。

「そ、その、藤間くん、ありがとう」

「あ、いや、思ったより勢いよく突っ込んじまった。怪我してねえか？」

「うん、大丈夫だよ。えへへ、ありがとう」

灯里の照れ笑いに思わず顔を背ける(そむ)と、高木に肩を組まれるアッシマーと、鈴原に心配されているコボたろうの姿があった。

「しー子、あんたやるじゃん！　助かったぁー」

「い、いえっ、ご無事でよかったですぅ……」

「コボたろう大丈夫？　無理させてごめんねー？」

「がうっ！」

その様子を見て、【オリュンポス】を起動しながらコボたろうに駆け(か)寄る。

コボたろう（マイナーコボルト）
消費MP7　状態：召喚中　残召喚可能時間：11分
▼
HP6／18（防具HP8）　SP2／12　MP2／2

「コボたろう、無茶させてすまん……！　大丈夫か？」

鈴原となんら変わらない声をかけると、

「がうがうっ！」

コボたろうは力こぶと笑顔をつくって俺に返してくれる。

「コボたろう、回復しようか？」

「ぐるぅ」

灯里の声にコボたろうは首を横に振って、木箱とリディアのつくった簡易拠点がある泉の方を交互に指さした。

「もう召喚時間終わっちゃうもんな。アッシマー、鈴原、木箱頼むわ。一旦退かねえとやばい、コボたろうが消えちまう」

「はいですっ！」

「らじゃー！」

◆　◆　◆

泉のそばで安全を確保すると、コボたろうは俺たちに跪き、白い光とともに消えていった。

その直前に「回復したらすぐ召喚するからな」と告げると、嬉しそうに顔を綻ばせていた。なにこれ、コボたろう可愛すぎでしょ。

ともあれ俺達は泉の周辺にある石や汚れていない倒木に座り、休憩をとることにした。

さっき召喚したのが昼前だったから、あれからもう二時間も経つのか。昼飯を食ってないから、そろそろ腹が空腹を訴えてもいい頃なんだが、朝が多かったから全然腹が減らない。――なんて思っていたら、

「あ、あのう……。みなさん、お昼ごはんはどのように……？」

アッシマーがおずおずと声をあげた。高木、鈴原、灯里の三人は顔を見合わせて、

「あたしらべつにいいから」

「あはは……なにも考えずにきちゃったよー」

「しーちゃんも藤間くんも、もしお昼ごはんを持ってきてるのなら、私たちに気にせず食べてね？」

あーそうか。この三人がとまり木の翡翠亭に住むことが決まったのは朝食後だから、こいつらは弁当を持ってねえのか。アッシマーは自分の革袋に視線をやりながら、遠慮しているのだろう、困った顔をしている。

べつに腹は減ってないんだが、革袋から紙に包まれたフィッシュフライサンドを取り出す。

長さ八〇センチほどのバゲットは、紙に包まれていると武器にすら見えるだろう。包みを解くと現れたフランスパンに三人は目を見開いて、

「でかっ！　……あんた、そんなに食べるん？　意外」

「さすが男子ー」

「ふ、藤間くんって、たくさん食べるんだね……」

三人の言葉に、革袋に手を伸(の)ばしたアッシマーの手が止まる。自分だけ食べる後ろめたさの次は、あんたもこんなに食べるの!?　という声が怖(こわ)くなったのだろう。

「や、こんなに食えるわけないだろ……。半分も食えるかわからん。誰(だれ)か半分食わねえか」

「えー、いいのー？」

即(そく)立ち上がったのは鈴原だった。俺の半分ってだけで嫌(いや)がられるかと思ったんだけど、意外だ。

「いいって。どうせこんなに食えねえし」

「わ、わたしのも食べてもらえませんかっ。わたしもそのう……お、多くて……」

ここだ！　と言わんばかりにアッシマーも立ち上がる。今朝こいつがこのフィッシュフ

ライサンドを二本平らげたことを知っている俺は「嘘つけ！」と言いたくなったが、どうにかこらえた。

そんななか、リディアも召喚獣を引き連れながら戻ってきて、

「わたしのもよかったら」

と、アイテムボックスから取り出した凶器のようなフィッシュサンドを、派手な装飾のついたナイフで切り分けはじめた。

「すげー！　めっちゃうまそーじゃん！」

「タルタルすごーい！　チーズもいい感じだよー」

「あっ……おいしい……！　本格的なパン屋さんの味……！」

三本のフィッシュフライサンドは、リディアの手で一八切れに分けられた。破片はやや歪。あまり器用ではないようだ。

俺もひと切れくらい食っとくか、と思ったが、リディアの召喚モンスターが俺の近くにわらわらと寄ってきて、俺に身体をこすりつけながら、手に持ったサンドイッチを興味深げに眺めている。

「……食うか？」

「透。召喚モンスターは食事をしない――」

ひと切れをさらに半分にし、体長一メートルほどの巨大(きよだい)な赤いトカゲ――サラマンダーの前に差し出すと、舌を伸ばしてそれを掴み、もきゅもきゅと食べ始めた。

咀嚼に合わせてほっぺがもちゃもちゃ動くのが可愛い。

「きゅいっ！　きゅいっ！」

「おー、美味(うま)いか。もう半分も食うか？」

「きゅいっ♪」

サラマンダーは俺の膝(ひざ)に寝(ね)そべり、もう半分も舌で掴んでゆく。頭や背中を撫(な)でるたびにきゅいきゅいと嬉しそうな声をあげてくれる。

「きゃんきゃんっ！」

「っ……！　…………！」

「…………」

それを見たリアムレアム、ハルピュイア、ユニコーンが「わたしにも！」とアピールしてくる。

「ははっ……。お前ら順番な。ははっ」

思わず顔が綻んで、心からの笑い声が口から漏(も)れた。

こんな笑いかたをしたのは、どれだけぶりだろうか――

みんなにあげるぶんのフィッシュサンドを手に取ろうとしたとき、何人かと目があった。

灯里は俺をぽうっとした顔で見つめていて、高木と鈴原は「まーたムツゴ■ウがはじまったよ」と苦笑し、アッシマーはフィッシュサンドの残量を気にしていた。

リディアはすこし悔(くや)しそうに「ぐぬぬ」と呻(うめ)き、自分のために手に取ったパンを、

「たべる」

近くにいたサンダーバードに差し出した。彼(かれ)、あるいは彼女(かのじょ)は逡巡(しゅんじゅん)する素振(そぶ)りを見せ、やがてそれを黄金の嘴(くちばし)でついばんだ。

咀嚼をはじめたサンダーバードを見て、リディアは驚いたようにアイスブルーを見開く。よほど味が気に入ったのか、きゃっきゃと喜ぶサンダーバード。リディアの手が伸び、その頭をぎこちなく撫でた。サンダーバードは座り込み、恐(おそ)る恐るリディアに頬をこすり寄せてゆく……。

「どうして。……むねが、あたたかい」

それを聞いて、俺まで胸が熱くなった。

召喚モンスターが冷遇(れいぐう)されているこの世界で、しかしリディアのこころには、きっと——

「リディアには、愛があるからだろ」

道具のように扱(あつか)われる召喚モンスターへの愛情が芽生えた。だからだろ——とそこまで

考えてから、自分がどれだけ恥ずかしいことを、そしてどれほど生意気な言葉を口走ったのかと悔悟する。

「あ、わり、いまのやっぱなし」

「あい。これが、あい」

しかし言い放った言葉は取り繕うことしかできず、リディアは俺の黒歴史に残るようなクサいセリフを反芻しながら、きっと——己の胸に沁み込ませてゆく。

「リアムレアム、ハルピュイア、ユニコーン、おいで。わたしが食べさせてあげたい」

俺に密着していた三体の召喚モンスターは、それぞれ俺にもういちど頬をこすりつけた後、リディアのもとへと向かってゆく。

以前、すこしきらいになったこの世界が、ほんのりとあたたかくなった気がした。

五章EX　あかり――承――飾らない想い

「なんかさー、最近伶奈、元気なくね？」

「そ、そうかな？　普通だよ？　あはは……」

　クラスの後方。

　亜沙美ちゃんに虚をつかれ、すこしたじろいだ。

　亜沙美ちゃんは勘がいい。私と違って、本当の意味で頭がいい。

　複雑な図式問題はわからなくても、ものごとの本質を見抜き、筋が通っていなければ容赦がない。

「え？　なになに？　伶奈元気ないん？　なにあったん？」

「困ったことがあったら言ってくれよな。どこでもすぐに駆けつけっから！」

「ほ、本当になんでもないから……！」

　同じグループの、望月慎也くんと海野直人くん。

　彼らは事ある毎にこう言ってくれるけど、私は『すぐに駆けつける』という言葉が信用できないということを、身をもって知っている。それを信用した私のせいで、藤間くんがどれほどの痛みを余計に被ったのか、考えたくもなかった。

「ふーん……なんでもない、ねー」

いつも私が見つめていたからだろうか、亜沙美ちゃんだけは、藤間くんが眠る席を睨むように凝視していた。


胸が苦しい。

「げっ……藤木じゃん」

朝の通学路。

どうすれば信じてくれるの？　という私の問いを藤間くんからつっけんどんに返されて落ち込んでいるとき、亜沙美ちゃんと出くわした。

藤木くんじゃなくて、藤間くんだよ——

そ、そのひとことが、言、え、な、い。

「ぁ、ぅ」

藤間くんには聞こえていないだろうけど、お友達が好きな人の名前を間違えているのは悲しかった。

そしてなにより、友人を窘める勇気すら出ない自分がもどかしかった。

「あんなやつのどこがいいの？」

放課後。

お手洗いが終わったあと、亜沙美ちゃんが壁に寄りかかって待っていた。

「スタバ行こ」

勘がいいという次元じゃない。

私はそれほどわかりやすいのだろうか。それとも亜沙美ちゃんは私には見えない力でも持っているのだろうか。

どちらにせよ、スタバで席に座り、一五分ものあいだ沈黙する私をじっと待ってくれるお友達に、隠しごとなんてできる気がしなかった。

「伶奈あんたそんなことあったん!?　大丈夫だったん!?」

「う、うん。藤間くんが助けてくれたから」

「へー……あの藤……藤なんとかがねー」

「藤間くんだよ、亜沙美ちゃん」

どうしてこのひとことを朝に言えなかったのか。いまとなってはどうしようもないけれど。

「まー……なんつーかさ。同じオンナとしちゃ、惚(ほ)れるのもわからんでもないけどさ。……でもさー、実際なんかあいつって、パッとしないじゃん。それでも好きなわけ？」

「うん」

「顔とかいまいちじゃね？」

「そ、そう？　わ、私はその、かっこいいと思うけどな……」

「うそ、目つきとか悪くね？」

「そうかな？　ワイルドだと思うけど……」

「喋(しゃべ)りかたキョドってね？」

「私もすぐ緊張(きんちょう)しちゃうから、いっぱい喋る男の人よりずっといいな……」

「そ、それにさ、なんか暗いしさ」

「クールでかっこいいと思う、な……ぁぅぅ……」

「はい降参あたしの負け。わかった、わかりましたー。あんたどんだけ好きなんだって……」

　なにが勝ち負けなのかはわからないが、どうやら私の想(おも)いは、少なくとも亜沙美ちゃんには伝わったようだった。

「でもさ、あんたから見れば王子サマかもしんないけどさ。あたしからすれば可愛くて大事な伶奈を預けるに相応しいかわかんない。だから見極める必要があるっしょ」

「そ、そんな、いいよ亜沙美ちゃん……！」

「…………。」

「ごめん伶奈、そんなつもりなくて、ぐすっ、えぐっ、ごめんんんー……」

「…………。」

「でもあたし、伶奈があそこまで言われることとした⁉　ううううううー！」

『お前、虐められてんのか？』

『告白の次は話しかけるだけで罰ゲームかよ』

『演技上手だな。女優志望か？』

『二度と話しかけんな』

真っ白になった。

終わりだと思った。

夜のエシュメルデ。マナフライの下で藤間くんから真っ直ぐ向けられた敵意は、不良たちの悪意とは比べものにならないくらい、私を絶望へと追いやった。

「亜沙美ちゃんは、悪くないよ」

「悪いって！　殴（なぐ）って！　あたしを殴ってよ！　うわあああああぁぁぁん……」

「悪くないよ」

大切なお友達を抱（だ）きしめる。

私のことを想って、涙（なみだ）をこんなに流してくれるお友達を、きらいになんてなれるわけがなかった。

「亜沙美ちゃんは、悪くない。心配してくれたんだよね？　ありがとう」

「うううぅぅー……！　ふぇっ、ぶえええぇぇぇ……」

肩に乗るさらさらの頭を撫でながら、藤間くんの態度を思い返し、きっとなにか――私の知らないなにかがあると思った。

もしかしたら私がなにかをしてしまったのかもしれない。しかし残念なことに、なにかをしでかすほど私と藤間くんの距離（きょり）は近くない。

あるいは、身体を張って私を助けてくれたのに、私からお礼を言い出さないことに怒（いか）りを覚えているのか。

絶望の中心はまるで台風のように静かなのか、それとも私の代わりに亜沙美ちゃんが慟（どう）

哭してくれているからなのか、こんな状況で私は自分の置かれた立場より、藤間くんの哀しみにも似た怒りの淵源が気になった。

そしてなにより、きらわれたくらいで、きらいになれるはずもなかった。


胸が苦しい。

『夜にひとりで外出ってどういうつもりだよふざけんなよマジで』

「ふにゃー………」

「ほらほら、伶奈、可愛い顔が台無しだって」

「でもよかったねー。藤間くん目つき悪くて怖いけど、それだけじゃなくてー」

ありがとう、亜沙美ちゃん。

昨日『二度と話しかけるな』って言われて、今日の朝、鞄で藤間くんの肩を叩くとき、亜沙美ちゃんの肩が震えてたことを、私は知っている。

藤間くんは私のこと、覚えてくれていた。

それどころか、私よりも私を心配してくれていて……。

「ふにゃー………」

「だめだこりゃ。ま、ただのいやなやつってわけじゃなかったみたいだね。口は致命的に悪いしめっちゃむかつくけど」

「なんであんな態度とってるんだろー？　藤間くんは伶奈を助けたことを覚えてて、向こうからもなにも言ってこないんだよねー？」

やっぱり怒ってるのかな。

あのとき、助けてくれてありがとう、のひとことが言えないことを。


私は知っている。

やさしさとは、言葉ではないことを。

『困ったことがあれば、すぐに言いなさい』

『二度と娑婆に戻れなくしてやる……！』

電話に出なかった父も、

『なんかあったら言ってくれよな！　すぐ駆けつけっから！』

『手こずらせやがってこの野郎！　オラッ、オラッ！　オラアッ！』

『あっ馬鹿直人、首とか心臓は最後にしろよ。楽しめねーだろ』

望月くんも海野くんも。

その人の深淵に触れたとき、外面という名の外壁から漏れる内面を知る。

人は己を良く見せようとする生きものだ。父も彼らも、もちろん私だって。

だから、結婚の前に同棲を経験したほうがいいという意見もあるほどだ。それほど外面に隠された内面とは醜いものなのだ。

なのに。

なのになのに。

「私、男の人に歩道側、譲ってもらうのはじめて……。嬉しい、な」

藤間くんの深淵に触れるたびに。

「矢が……！　危ねぇっ……！」

「きゃあぁぁあああぁぁっ！」

「藤間くんっ、藤間くんっ！」

藤間くんのやさしさが伝わってきて。

藤間くんは言葉でやさしさのフリをしないぶん、ぶっきらぼうな言葉の内側に、やさしさを隠していることを知って。

「灯里は俺のだ。お前らにゃ死んでも渡さねえっ……！」

その言葉を背中からではなく、ついにあなたの隣で聞いて。

私を守ってくれるためのかりそめだとわかっていても、待ってくれと言われても、もう無理だった。

その手を握りたい。

その胸に顔をうずめたい。

その唇に口づけしたい。

その腕で私をかき抱いて、本当にあなたのものにしてほしい。

したいことも、してほしいことも溢れて、どうにかなってしまいそうだった。

でもそんなこと、言えるわけがない。

いつものように、溢れる想いを涙に変えるわけにはいかない。

だから。

だから、ごめんなさい。

もう、我慢できない。

「好きだよ、藤間くん。大好き」

涙のかわりに、欲望のかわりに、あの日から一秒ごとに大きくなり続ける、あなたへの真っ直ぐな、飾らない想いを。

4 たしかに灯(とも)ったもの

百戦錬磨(ひゃくせんれんま)の諸兄(しょけい)は、スライムと聞いてどんな想像をするだろうか。

戦士なら一撃(いちげき)、勇者ならLV2になれば一撃で倒(たお)せる愛らしいフォルムを思(おも)い浮(う)かべるだろうか。

それとも、半ダースある柩(ひつぎ)の中から現れる、倒すことのできない最強のモンスターを思い浮かべるだろうか。

それはまあ十人十色だろうが、十人九色くらいは、八匹(ぴき)集まると王様になる最弱モンスターを想像するだろう。

「コボたろう、相性(あいしょう)悪すぎだ！　構うな！　マイナーコボルトを抑えろっ！」

「が、がう……」

ならばジェリーという名前のモンスターならばどうか。

なんだかスライムをさらにドロッとさせて、天井(てんじょう)とかにへばりついていて、ドロッとした粘液(ねんえき)を滴(したた)らせているようなイメージを持つだろうか。

しかしまあどちらにせよ、強敵のイメージはないだろう。

「伶奈、急いでー！」

「やっぱ、こっちきた！　うりゃ！　……やっぱ呪いがあっても全然効いてねーし！」

「お、抑えますっ。どすこーいっ！」

マイナージェリー。

ジェリー系最下級モンスター。

直径一メートル程度の球体をした緑色の敵だ。

コアだろうか、中央に淡く光る石が半透明のボディに透けて見える。

ドロドロに見えるくせに意外と弾力があるのか、ぴょんぴょんとゴム鞠のように飛び跳ねて、地面に着地するたびボディが楕円にひしゃげてゆく。

「が、がうぅ……！」

高木と鈴原が事前に説明していたとおり、こいつは斬撃耐性と刺突耐性を持っているようで、コボたろうの槍も高木と鈴原の矢も効果が薄い。俺の損害増幅がかかっていてもイマイチだ。

「ひぐぅうっ……！」

「うおっ……！　があっ……！」

マイナージェリーのタックルを盾で受け止めたアッシマーが俺のもとまで大きく吹き飛んできた。思わず受け止めた俺もろとも吹っ飛んで地面を転がる。

「あいたたた……」

「いっ……てえ……！　くっそ、序盤の雑魚のくせに強すぎだろっ……！　バランスどうなってんだよ……！」

悪態をつきながらアッシマーを引っ張り起こすと、ちょうど灯里の術式が完成したところだった。

「火矢っ！」

赤が緑を劈いた。

俺たちを、高木と鈴原をたちまち追い抜いて、茶色に靄がかったジェリーのコアをたしかに撃ち抜いた。

「伶奈ありがとー！　……えいっ！」

「一撃!?　ともかくまじナイス！　うらっ！」

ジェリーが緑の光に転じたことを確認すると、フリーになった鈴原と高木がコボたろうのサポートに入る。

《戦闘終了》

《2経験値を獲得》

マイナーコボルト三体、マイナージェリー一体の群れを倒しきり、ようやくふうと一息ついた。

「しーちゃん、マイナージェリーの開錠なんパーセントー？」

「えとえと……92％ですっ」

「わー、やっぱりしーちゃんすごいねー。たはは、ウチ69％だし、お願いしてもいいかなー？　ウチ、コボルトの箱開けるねー」

「はいですっ」

鈴原とアッシマーが木箱を開けてゆく。このときのアッシマーの表情で、レアが出たか出なかったかがわかるから面白い。

「1シルバー10カッパーですかぁ。マイナージェリーさんはお金持ちさんですねぇ……」

大して驚いていないアッシマーの様子から、レアは出なかったと確信する。すこし残念だ。

「しー子がいないとその半分なんだけどね。おっ、ジェリーの粘液出てんじゃん！　それもふたつ！　藤田ぁー、アイテムボックスって空いてるー？」

「なあ、空いてるけどわざとか？　やっぱわざと間違えてんのか？」

メンチをきりながら高木とアッシマーのほうへ向かう。高木はいけしゃあしゃあとアッシマーに「あれ？　あいつなんて名前だっけ」なんて訊いている。本当に忘れたのかよ。

「そーそー、藤木ね。あれ、あたし藤木ってちゃんと呼んだっしょ？」

と、とんでもないことを言いだす高木を横目に木箱を覗く。

ちなみにこの世界の木箱には、厳密にいえば中身が入っていない。入っているのは『ウインドウ』だ。

1シルバー10カッパー
ジェリーの粘液×2
スキルブック【加工LV1】

木箱のなかのウィンドウに表示されているアイテム名をタッチすると、そのアイテムが大きさや形状にあわせて手のひらに収まったり、手に握られたりするんだが——

「収納」

アイテムボックス持ちの俺は、そのままボックス内に収納できる。

このジェリーの粘液という素材、じつは相当大きく、重いそうだ。

というのもこの素材は、ジェリーからコア——核の石を抜いた造形をしているらしい。

直径一メートルほどの球体なら、そりゃ簡単には持ち運べないよな。

その点アイテムボックスは便利だ。なんたって、そんな大きなアイテムを容量1で持ち運べる——

《アイテムボックス》LV1
容量8／10　重量10／10　距離1

ジェリーの粘液×2
コボルトの槍×4

……容量1で持ち運べないじゃねえか。

コボルトの槍が容量1の重量1だから、ジェリーの粘液は容量2の重量3ということになる。どれだけでかいんだよ……。

「ここまださっきの泉からそんな遠くないっしょ。いったん戻ったほうがよくね？」

リディアのつくった泉の拠点へ戻れば、これまた彼女が俺たちのために準備してくれた簡易ストレージボックスがあり、そのなかにアイテムを一時的に保管しておける。

俺たちは高木の言うとおり、拠点への道を引き返した。

そうして拠点と狩場を往復すること四回。休憩を繰り返し、それでも全員が疲労困憊するころ、すでに日は暮れて様々な木々はオレンジに色づき、泉の拠点には俺たち五人ぶんのジェリーの粘液が集まっていた。

◆　◆　◆

素材が集まった俺たちは、泉の拠点でリディアやリアムレアムと合流し、ともに帰還した。

シャワーを浴びて部屋で一息ついたころ、エシュメルデには闇がおちていて、たくさんのマナフライが煌々と街を照らしていた。

「これ、なんの肉っすか」

「唐揚げはクック鶏だよ。豚バラ大根の肉はポクリコ豚。ほらほら、びくびくしてないでばくっと一気に食べちゃいな！」

夕食にはなんと箸と白米が出された。異世界にもあったのかと驚きだ。

日本米と比べるとさすがに味は落ちるが、全然食えた。むしろ美味かった。

ご飯、唐揚げ、豚バラ大根、サラダと品数がめちゃくちゃ多いわけではないが、主菜がふたつもあり、恐る恐る箸を伸ばすとこれがまた美味い。白米がすすむ味つけだ。

……俺、現実よりも異世界のほうがよっぽど食事らしい食事をしてんじゃねえか。

「うまっ！　前の宿より全然おいしーじゃん！」

「でしょ？　おかわりもあるからたくさん食べなよ」

高木をはじめ、次々とあげられる感嘆の声に女将は気を良くして、ずずいと皿を押し出してくる。

朝、この広間には女将、ココナ、リディア、アッシマー、俺の五人しかいなかったが、いまは灯里、高木、鈴原が増えて八人。人数が増えた……というよりも、騒がしい高木が増えたぶん、賑やかな夕食となった。

「アルカディアにもお醤油ってあったんだねー。びっくりだよー」

「白ご飯もうれしいですっ」

「ココナさんも女将さんもお箸の持ちかたがすごく綺麗……」

女子グループの呟きにココナが反応して、

「はにゃ？　みんにゃの世界には、お醤油とかお米とかお箸がにゃいのかにゃ？」

これである。

異世界と現実が繋がって久しい。食文化もどちらが先か現地民でもわからなくなるくらい、現実との交流、そして繁栄があったということだろう。

「炊いてからの米より焼いてからのパンのほうが日持ちするからどこもパンばっかり出してるけど、あたしとココナはこっちのほうが好きだからね」

「ご飯おいしいにゃー♪」

にゃふふと笑いながら肉球のあるぷにぷにの手で器用に箸を扱うココナ。

……コボたろうにも箸の使いかた、覚えさせようかな。

「おにーちゃんたち、今日はスキルを買うにゃ？　買わにゃいんだったらお店閉めちゃうけど……」

食後、食いすぎて腹を押さえる俺たちにココナが声をかけてきた。

「どうする……って、今回の稼ぎの分配すらしてねえな。明日の朝にでも行くわ。女将、明日の宿泊費の支払い、もうちょい待ってもらっていいすか」

「了解にゃん♪」

「あいよ」

「あー、あたしら今日のぶんもまだ払ってないじゃん」

「あ、私も……。リディアさん、お金……」

「あとでいい」

　がやがやとそれぞれが話すなか、さっさと分配してしまおうということになり、MPを使うトレーニングも兼ね、戦闘をする予定なんてないが、コボたろうを召喚し、やはり俺たちの部屋……201号室へ。

　リディアがサシャ雑木林での俺たちの戦果が詰まったストレージボックスを、アイテムボックスから取り出して作業台の上に置いた。

　採取がよほど疲れたのか、ふらふらと自室へ戻っていくと、みなやはり適当にそれぞれのアイテムを「これ欲しい人ー？　いない？　じゃああたしもーらい」といった感じで持っていく。

　今回の狩りで得た金は24シルバー50カッパー。それを五人で割り、ひとりあたり4シルバー90カッパーの収入。日本円にして四九〇〇円の稼ぎだ。

「すご……！　あたしら一日でこんなに稼いだの初めてじゃね？」

アッシマーのユニークスキル【アトリエ・ド・リュミエール】の効果で獲得金額が二倍に増えての収入である。

この金と高木の反応を見て、あれ、やっぱり採取のほうが稼げるよな？　とアッシマーと顔を見合わせる。

もっとも、それも調合、錬金、加工が使えるアッシマーが居てからこそなんだけど。やばい、もしかして俺、アッシマーに依存してない？

しかしまあ、アイテムを鑑定して分配するこの〝お楽しみタイム〟ってやつはなにものにも代えがたい高揚感がある。ハクスラの醍醐味だ。

今回の狩りでは『☆コボルトの意思』のほかにもうひとつレアが出た。それは弓のような形をしていて、高木と鈴原は何度も遠慮がちに視線を送っていた。

☆鳥落とし（木長弓）
ATK1.20　箙収納数：3
（要：【弓LV1】【和弓LV1】）

【射撃(しゃげき)(+LV1)】【長距離射撃(ちょうきょりしゃげき)(+LV1)】

【射法(+LV1)】【礼節(+LV1)】

【強矢(パワーショット)スキル強化(+LV1)】

飛行モンスターに倍撃

和弓ランク3、木長弓のユニーク。

空中に居る敵に対し、非常に有効。


「「「おー……」」」

灯里が鑑定を終えると、弓らしい形をしていたなにかは和弓のフォルムに変形し、素朴(そぼく)ながらも美しい弓に変わった。

「あちゃー、あたし無理だ。香菜(かな)、あんた使えるんじゃない?」

「う、うんー。これ、もらっていいのー?」

高木がすこし残念そうに、鈴原は遠慮というより、戸惑(とまど)い気味に俺(おれ)たちの顔を見回す。

そもそも弓なんて簡単に扱えるわけがない。誰の異論もなく鈴原の手に渡った。

「なあ、高木も弓使ってるんだろ。なんで鈴原は使えて高木は無理なんだ？」

「これ和弓でしょ。あたしの使ってる洋弓とはなにもかも違うし、猛練習しないと前に飛びすらしないって」

言われてみれば、高木と鈴原がいままで使っていた弓って、アーチェリーみたいに矢を番えるところにくぼみがあったけど、この弓にはない。このくぼみが関係してんのかな？

高木と鈴原が言うことには、アーチェリーなら素人でも的に中るが、弓はまともに飛びすらしないらしい。

言われてみればアーチェリーは競技、弓道は武道って言われているくらいだし、ド素人の俺にはわからない違いがたくさんあるのかもしれない。

「もしかしたら、弓に持ち替えることで迷惑かかっちゃうかもー……」

弓道経験者らしい鈴原はそう言って汗を飛ばす。

「まあいいんじゃねえの。俺たちなんてまだレベル一桁のルーキーだろ。いまのうちにいろいろ使ってみて、自分にあう武器を探せば。もしもどうしても駄目そうなら、洋弓に戻せばいいわけだし」

右も左もわからない俺に言えることなんて、それくらいしかない。

「でもウチ、いまいちみんなの役に立ててなくてー……。藤間くんとコボたろうみたいに前衛もできないし、亜沙美ほど強くないし、伶奈みたいに一撃重くないし、しーちゃんのほうが開錠上手だし……」

ため息をつく鈴原。

すこし、意外だった。

……なんだよ。

全然。

俺たちと、ぜんっぜん変わらないじゃねえか。

パリピと陰キャだといって区別をし、吐き捨てたこともあった。

なのに鈴原の悩みは、俺たちとまったく変わらない。

俺もアッシマーも、ほしがっていた。

一生懸命走って、ひたすらふくらはぎに力を入れて背伸びをし、転んでも慌てて立ち上がる。

誰も、自分なんかを待ってなんてくれないと思っていたから。待ってくれているのに、ずっと先を走っているだろうと前しか見ないから、並んでいることに気づかない。

人はやはり、群れるいきものだ。

人はきっと、自分は群れのなかにいてもいい、と誰かに言ってほしくて、群れのなかで己に利用価値を探してゆく。

俺は陰キャだ。群れなんてこれまでつくったことはおろか、交ざったこともなかった。

そんな俺が、生まれてはじめて、まごころに触れた。

『わたしずっと、ずっとずっと棄てられてきたから……きっとまた棄てられるって思ってて……！　でもなぜか藤間くんにだけは棄てられたくなくて……！』

星降る夜に、はじめて自分以外の孤独を知った。

ひとりがいやだと思った。

『私、藤間くんと一緒にいたいっ……！』

『好きだよ、藤間くん。大好き』

『だ、だから、かっこいい、ん、だよ』

あのしじまで、はじめて自分以外の想いを知った。

ふたりの照れくささと眩しさとあたたかさを知った。

藤間透という孤独だった人間のなかに、アッシマーと灯里というふたりの人間が、たしかに灯っている。

そしていつのまにかこんなにも大きくなっていた、煌々とさんざめく灯火を手放したくはないと、たしかに感じている。

……………あ。

そんな俺が、どうして気づいてやれなかったのか。

『わたしも藤間くんも、だいだい、だーい歓迎ですっ！』

アッシマーが両手でガッツポーズをつくりながら高木と鈴原に言った、この言葉の意味を。

捨てられたばかりの鈴原と、友達を優先した高木が、不安じゃないわけ、ないじゃないか。

だからアッシマーは、俺を見ないようにして、俺の意見を捨ておいて、そういうことにしたのだ。

『捨てませんよ』という言葉をあれだけ欲しがった俺だ。その言葉に鈴原と高木がどれほど救われたか、振り返って考えれば察するに余りある。

住むかどうかという話のとき、灯里も高木も鈴原も、ちらちらと俺の顔色を窺っていたのは、満場一致の免罪符が欲しかったんじゃない。

『二度と話しかけんなパリピ』

『お前らみたいなやつ、脳内で何度も殺してるからな』

『格下の涙は数に入らないか？』

あれだけの暴言をはいた……拒否する要因の最有力である俺が、怖かったんじゃないか。

「そんなに焦ることなんて、なにひとつないだろ」

俺からそんな言葉が聞こえたのが意外だったのか、鈴原が驚いた顔をあげる。

べつに俺がこいつらにしたことへの贖罪だなんてつもりはねえ。

バランスとか、採算とか、帳尻をあわせるとかそういうことでもねえ。

俺もアッシマーも、この言葉が欲しかったんだ。

「お前のペースでいいんだよ、鈴原」

捨てられることに怯えて、焦って駆け出して。

突っ走って、背伸びして、勝手に死ぬ人間なんて、俺だけでじゅうぶんだ。

マウントとか利用価値とかも、もうたくさんだ。

捨てるとか捨てられるとか、もうたくさんだ。

「うぁ……あ、あはは……うん、その、ありがとう、藤間くん」

「ま、俺なんかが言えた義理じゃないけど。むしろ問題は俺なんだよなあ……。コボたろうを召喚して呪いをかけたら手持ち無沙汰なんだよな。なあ、洋弓がド素人にも扱えるんなら、お古のコモンボウを貸してくれねえか」

「あ、う、うんー。ウチなんかのでよかったらー」

きっと鈴原からすると、このメンバーならば、使えないという理由で自分を捨てるのは俺くらいだと思っていたのだろう。

その俺から出た言葉に鈴原は笑顔を見せて、洋弓・コモンボウを革袋から取り出して俺に差し出してくれる。

「悪ぃな。和弓が使いづらかったら返すから」

鈴原と目があった。なぜかすごい勢いで顔を逸らされた。

その折、差し出した手――指同士が軽く触れた。

「あ……」

なにを焦ったのか鈴原がコモンボウを取り落とし、狭い部屋にカランカラン……と音が鳴り響く。

「なにやってんだよ……」

「あ、あははー。ご、ごめんー」

なんだか鈴原はどうにもいっぱいいっぱいの様子で、自分の胸を両手で押さえている。

しょうがないから自分で拾いあげ、女子の持ち物だという理由だけでいい匂いがしそうな弓を革袋に仕舞った。

「香菜、あんたまさか………まさか、だよね？」

「どうしよう――……やばい――……」

「鈴原さん、大丈夫ですかっ？　お胸、苦しいですかっ？」

「か、香菜ちゃんっ。だ、駄目だよっ……！」

女子軍団が鈴原のもとに集まってゆく。え、もしかして、俺と指が触れたから藤間菌が付いたとか言い出さないよね？

「藤間、あんた、なんつーか……変わったね」

そう思ってびくびくしていると、鈴原の頭に手を置いた高木に声をかけられた。

そりゃあ、やりなおしたからな。

そう言おうとすると、アッシマーと灯里が、

「ふぇ？　藤間くんはなにも変わってませんよぅ？」

「藤間くんは、最初から………ずっと、優しい、よ？」

俺と正反対の言葉を口にして、高木を唖然とさせた。

使えないから捨てるとか、俺たちは高校生だぞ。そういうのは社会に出てからでじゅうぶんだろ。

なにが大事かって。
灯里の優しい心とか。
アッシマーの一生懸命なところとか。
高木の、友達を優先して自分も鈴原についていってやる思いやりとか。
鈴原の役に立ちたいって気持ちだろ。
めちゃくちゃ偉そうだが、俺はそう思う。
だから、利用価値とか、使えるとか使えないとかで、絶対に俺は捨てない。
——灯里とアッシマーを、傷つけない限り。

5　藤間透が悪で何が悪い

『もしもし透ちゃん？　元気？』

「んあー…………」

『昨日、お父さんと澪ちゃんと三人で、透ちゃんのイメージスフィアを観たのよ。透ちゃん、いつの間にか男になってたのねー♪　かっこよくて、お母さんきゅるるん♪　ってしちゃったわー♪』

「んあー…………」

『ずっと塞ぎ込んでいて、高校入学と同時にひとり暮らしを始めるって言ったときは驚いたけれど、透ちゃんには良かったのかもしれないわね。それであなた、どの子が本命なの？　澪ちゃんが気にしてたわよー♪』

「んあー…………」

『それでね？　アルカディアではじゅうぶんな稼ぎがあるみたいだから、仕送りは必要ないだろう、ってお父さんがね？　お母さんは反対したわよー？』

「んあー…………」

『でも透ちゃんには自分で食べていくことの大切さを学んでほしいって、お父さんがきかなくて……。そういうことだから、透ちゃんがんばってねー♪　お母さん応援してるわ♪ふぁいと、おー♪』

「んあー…………」

◆　◆　◆

こんなことがあっていいのだろうか。

早朝に母親から久しぶりに電話がかかってきて、んあんあ言っているうちに仕送りを打ち切られていた。

「でも私、すごいと思うな。藤間くんがそれだけご両親から一人前だと思われてるってことだもん」

俺たちの通う鳳学園高校への道。

隣に並ぶのは、今日も今日とて出くわした灯里だ。

「お前、前向きのスペシャリストかよ。俺がどれだけ前向きに解釈しようとしても、仕送りを体よく断られただけだと思うんだけど」

「それ全然前向きに解釈してないよ⁉」

何度も言うが、俺は朝が弱い。

『藤間くん、ため息ついてる。……なにかあったの？』

だから考えなしにあれこれと喋ってしまったのだ。

「でも、知らなかったな……藤間くんってひとり暮らしなんだ」

「まあな。灯里は違うのか？」

鳳学園高校は千葉県有数の進学校でありながら、現実、そして高校とアルカディアを繋いだパイプのような学校で、アルカディアに憧れる人間にとっては聖地と呼ばれている。

それゆえ、県外から単身で越してまで入学する人間は多い。俺が所属する１‐Ａクラスは生徒の90％以上がひとり暮らしとも囁かれている。

だから灯里も90％――マジョリティ側だと思ったんだが……

「うん。私は実家が大洲だから、歩いて通ってるんだ」

どうやら残り10％――マイノリティ側だったようだ。

ちなみに大洲って言われても、千葉に来たばかりで土地勘のない俺からしてみれば、どこかまったくわからない。

「藤間くんはどの辺りに住んでいるの？」

「鳳町。いつも出くわす交差点あるだろ。あそこを曲がって三分くらいのとこ」

「学校から近いんだね。もしかして同じアパートに鳳学園の生徒っているの？」

「いや……わかんねえ。気にしたことすらねえ」

「あはは……藤間くんらしいね」

俺らしいとはなんなのか。

最近いろいろあって、自分という存在がブレてきていて、自分でも自分の考えがわからない。

口を開けば「あれ、なんか俺らしくねえな」って思うし、しゃかりきになって頑張っても「俺ってこんなだったっけ」って感じる。

結局のところ、斜に構えて、世界を皮肉って、自虐する自分ってのがいちばんしっくりくる。

灯里に出会って自分が最低だったと知り。

アッシマーに出会って己を省みてやり直し。

新しい自分と出会って得たものは結局、いろんな人がいていろんな思いがあって、その〝すべてが敵なわけではない〟というあたりまえの認識だったのかもしれない。

そう考えると、昨日アルカディアでアッシマーと灯里に言われた、俺は変わっていないという言葉はあながち間違いではないのかもしれない。

「……曲がるときわざわざ道路側行くなっつの。……ほれ」

「う……。ばれちゃった……ごめんね？」

ようするに、灯里と歩くこの道が〝面倒くさい〟から〝照れくさい〟に変化したように、俺はきっと陰キャなまま、その性質が少し変化しただけなのだ。

「伶奈ー！　藤……ふじ……？　ふじー！」

「亜沙美ちゃんおはようっ」

「おいコラ諦めて藤で切るんじゃねえよもうすこし頑張れよ」

「あははは、気にすんなって藤山！」

ばしばしと肩を叩いてくる高木。

「痛ぇ……。しかも間違えてんのかよ……」

今日、イケメンBCと顔を合わせることで暗い顔をしているかと思ったが、高木は今日も元気だ。

それを安心する程度には、俺は変化しているようだった。

◆　◆　◆

パリピグループの内輪揉めについて、鈴原と高木からなんとなくの話は聞いていたが、その塩梅までは把握できていなかった。

なんだかんだいってパリピが持つ脅威の修復能力により、昼休みを待たずにクラス後方でふたたび陣取るようになると思っていたのだ。

しかし今回こそは致命的だったのか、高木と鈴原は祁答院とは挨拶をしても、イケメンBCに話しかける様子はないし、イケメンBCが話しかける対象も祁答院くらいだった。

「ねえねえ、祁答院くんたち、なにかあったのかな……」

「最近っていうか、今日特になんか変だよね……」

そんな囁きまで聞こえる。すげえな祁答院、お前エクスカリバーでありながらインフルエンサーでもあるのかよ。俺もインフルエンザーなら経験あるんだけどなー。

「うっわ藤間めっちゃつまんないこと考えた顔してる」

「うるせえよ」

机をひとつ挟んだ先の高木が声をかけてきた。

宿の女将どころか高木にまで心の裡を読まれた。自分でも、AMAZ●Nなら評価★1

だとわかるほどつまらないギャグだと理解できていたぶん、悔しさは二倍増しだ。

　それよりも、高木と俺に挟まれた女子が俺たちを見比べて、不可解だという顔をしている。こういうことがあるから、あまり教室では話しかけてこないでほしいんだよ。

　陰キャてのは噂が嫌いなんだよ。

『藤間って休み時間いつも寝てるよなー。やっぱりあれ寝たふりだよなー』とか『藤間と斎藤くんが話してた、斎藤くんかわいそう』とか。なにこれ泣きそう。

　噂が耳に入ると傷つく。すべての噂を耳に入れるなってのは無理だから、いちばんいいのは噂にならないことなんだよ。

　だから俺は教室では無になる。

　ばい菌扱いされるくらいなら『あれ……？　あいつ誰だっけ？』って言われたほうがよっぽどいい。

　三限後――一〇分間の休み時間になる頃には、誰の目からも明らかにグループ構成が変わっていた。

　いままで俺とアッシマーは自席で寝たふり、パリピグループ六人は後ろでたむろだったが、いまは近い席どうしの灯里とアッシマーが会話をしていて、同じく席が前後の鈴原と高木が喋っていて、時折、俺に話を振ってきたりする。

　教室の後ろはイケメンBCが占拠し、祁答院はそこに交ざったり、高木や鈴原に声をかけたりしている。修繕に努めているのだろうが、こればっかりはエクスカリバーにも難しいようで、時折苦笑を浮かべていた。

「藤間くん、ちょっといいかい？」

　そんな祁答院は昼休みが始まるなり、パンの袋を開けたばかりの俺の席にやってきた。

「え、な、なに」

「お昼、一緒にどうだい？」

　手にはダークブルーのオシャレな弁当袋。え、なに、昼飯？

「あ、あのっ！　祁答院くんっ！　よかったら私の席使って？」

　俺の隣に座る――高木と俺に挟まれた席の女子が嬉々として立ち上がった。祁答院はそれに爽やかな笑みを返し、

「仁尾さんありがとう。でもべつの場所で食べようと思ってるから、また今度お願いしてもいいかい？」

「う、うんっ」

　やんわりと辞退すると、仁尾という女子は小さな桃色の弁当袋を持ち、数人の女子生徒と「きゃー！　祁答院くんと喋っちゃった！　名前知ってくれてたー！」とかしましく騒

ぎ、廊下へと消えていった。くそっ、顔面エクスカリバーめ。

「さ、行こうか」

そんな祁答院は女子の歓声を一顧だにせず俺を促す。

え、なに、この断れない感じ。

「いや、おい、待ってくれ。ふたりでか？　いつものやつらも一緒じゃねえだろうな」

俺の様子から『いつものやつら』が高木や鈴原、灯里ではなく、イケメンＢＣのことだと察した祁答院は、

「慎也と直人は学食に行ったよ。さあ行こう」

「あ、お、おい」

え、まじでどっか行くの？　あいつらのいる学食じゃないだろうな？

廊下を出る際、名残惜しげに振り返った教室のなかに、申し訳なさそうに両手を合わせてくる鈴原と、ごめんとでも言いたげに手刀を斬る高木、不安げにこちらを窺う灯里とアッシマー。

そして残るクラスメイトの全員は、こちらに興味深げな眼を向けていた。

◆　◆　◆

祁答院悠真と藤間透——ふたりが出ていった後の教室には、彼らと入れ違いにざわめきが生まれた。

「藤間と祁答院くん？　なんで？」

「やっぱあのグループぎこちなかったし、その関係じゃないの？」

各々が好き勝手に囁きあい、好き勝手に話をつくってゆく。

人は悪の在処を求める生きものだ。

そして己の都合の良い解釈で話を捏造し、噂はそれらしい話へと収束してゆく。

「望月くんも海野くんも藤間のこといろいろ言っててんじゃん？」

「じゃあ仲悪い原因は藤間？　やっぱりあいつヤバくね？」

祁答院が善、藤間が悪という図式がすでに出来上がっているこの教室において、皆にとって一番都合のいい噂はこれであった。

「目つき悪いしねー……」

「なに考えてっかわかんねーし。そういやこないだの体育でも藤間が原因で揉めてたしな」

「じゃあ祁答院くん、説教しに行ったってことだよな？　藤間がまたなにか悪いことしたってことかー」

灯里伶奈は憤りを感じていた。俯き、華奢な身体を震わせる。

そんな彼女の真向かいで昼食を摂っていた足柄山沁子は伶奈の悔しさを汲み取って、そして同じように自分も感じた憤りを燃やし、二度深呼吸すると、拳を握って立ち上がった。

「ふ、ふ、藤間くんはそんなことしませ──」

「藤間くんは悪くないッ!!」

勇気が出せず震える身体を、弱々しくも一生懸命な勇気が、そしてもうひとつ──涙混じりの勇気が劈いた。

自分勝手な囁きを、目には見えぬ言葉の刃を、自覚無き悪意渦巻く教室を斬り裂いて、静寂と注目を生み出してゆく。

誰もが知っている。

自分や、自分の親しいものに向かぬ悪意は甘美であると。

誰もが理解している。

甘美を邪魔されたとき、悪意は消えるのではなく、邪魔したものへと矛先が変わるだけなのだと。

それが怖いから、みな悪意に乗る。

恐ろしいことに人間は、自分を守る盾を創り出しておいて、格下と認定した誰かに生贄という役目を押し付けておいてなお、あいつが盾になっているあいだ、自分は安全だ、という愉悦に浸ることすらできるいきものなのだ。

そんな現代社会の縮図のようなこの教室に、己を顧みず、悪意の標的にされ続けた少年を助けようとする人間が、たったふたりだけ現れた。

「ぁ……ぅ………」

「か、香菜、あんた……」

「藤間くんは、ウチという人間を守ってくれた。……だから、そんなふうに悪く言わないで！」

耳目が沁子に集まったのは一瞬で、すぐさま注目の標的は憧れのトップカースト、涙を流す鈴原香菜に移ろった。

あんたそんなキャラじゃないでしょ⁉ なにがあったん！ と瞠目する高木亜沙美。

少年の味方がひとり増えたことを知り、柔らかな笑みを浮かべながら腰を下ろす足柄山沁子。

そして。

「ぁ………ぅ………」

またしても。

またしても勇気を奮えず恐怖に震え、沁子への負い目を拭えぬまま、黒髪は力無く揺れる。

そしてなによりも、自分の想いは誰よりも強いと思っているにも関わらず、たったいま藤間のために己を犠牲にした沁子、そして香菜にこの想いが負けているのではないのかと、香菜に続いて視界を滲ませた。

「あ、灯里さん⁉」

「え、ちょ、伶奈⁉」

「来ないでっ……！」

男子が驚くほど小さな弁当箱を机上に残し、弁当箱どころか倒した椅子も、ぶつかった教卓も、友人の悲鳴も、勢いよく開けた扉も教室のざわめきをも置き去りにして、長い黒髪さえ教室へ置いていくように、伶奈は教室を飛び出していった。

◆◆◆

パリピってすげえ。

パリピと陰キャって安直に分けないようにしないと、って思うようにしたけど、さすがに祁答院と俺が同じ地球に住む人間だとは思えない。

「そんな、悪いよ。——でも本当にいいのかい？」

なんという行動力。

なんという人あたりの良さ。

ふたりで飯が食える場所なんてそうそうあるわけがない。……しかし祁答院は次々と特別室のドアをノックし、先客がいると愛想を振りまき、転々と八部屋目。祁答院と俺の姿を認めると、眼鏡を掛けた三人の女子はむしろ自分たちがほかへ移動すると言い出したのだ。

「いーのいーの！　じゃあごゆっくりー♪」

三人は眼鏡の奥を怪しく煌めかせ、教室前にいる俺たちとすれ違う。その際俺たちふたりの顔をまじまじと確認し、

「祁答院くんの強気攻め！」

「後ろの男子は絶対ヘタレ受けよぉ！」

「間違いない、確実にヘタレ受け！　もう決定事項なんですけどー！」

「「「きゃーーーーーー！」」」

とんでもない悲鳴をあげながら駆けてゆく女子三人。

なんか俺、勝手にヘタレ受けにされたんですけど。しかも絶対に、確実に、間違いなく、決定事項レベルでヘタレ受けなんですけど。そのうえ強気攻めが俺の目の前にいるんですけど。

「……お前、そっちの気、ないだろうな」

「そっちの気？　……？　彼女たちが言っていた、ツヨキゼメとかヘタレウケっていう言葉と関係が？」

「あ、いや、なんでもねえ。俺らからすりゃ知ってもなにひとつ得することのない単語だ」

無垢な祁答院の反応にすこし安心しつつ、尻が痛くなる思いで空き教室へと足を踏み入れた。

くっそ、ダンプカーに轢かれた気分だ。これマジで異世界転生ありえるんじゃね？

とほほな気分で教室内へ。

近くに会議でも行なわれていたのか、折りたたみの机がロの字に設置されていて、奥の方の椅子に座る。

「……んで、話ってなんだよ。まさか飯食うためだけに無人の部屋を探したわけじゃないだろ」

なんだよ、と問いながら、心当たりがないわけじゃない。

イケメンBCのこと、高木と鈴原のこと。

パリピを取り巻く環境に首を突っ込む気なんてさらさらないが、灯里を預かった以上、もう半分突っ込んじまってる。

面倒とは思いつつも開封済みの袋からスティックパン（コーヒー味）を一本手に取り、咥えながら祁答院を振り返る。

「……んあ？　座んねえの？」

祁答院は立ったまま、俺の隣で苦渋の表情を浮かべていた。

「どうしたんだよ、飯食わねえと昼休み――」

「すまない」

俺の言葉を打ち消すようにそう言って、深々と頭を下げてきた。

「は、え？　はあああ？　お前なにやってんの⁉」

お洒落に先端だけパーマがかった茶髪から、めちゃくちゃ爽やかないい匂いが漂ってくる。こいつ本当に男か？　人間か？　ってそうじゃないだろ！

「伶奈も、亜沙美も、香菜も……守れなかった。きみに、迷惑をかけてしまっている。本当にすまない」

「お、おい、祁答院……」

なんだよこの状況。なんで祁答院が俺に頭を下げてるんだよ。

「ちょい待てそれストップ頭上げろ。そんで座れ飯を食え」

立ち上がって無理やり頭を上げさせ、椅子に座らせる。祁答院は苦虫を噛みつぶしたような顔を伏せ、己の弁当袋をにらみつけたまま、手をつけようともしない。

「言っとくが、俺はこんなときどうしたらいいかわかんねえ。そもそもお前が頭を下げる理由がわからんし、気の利いたことも言えねえ。お前が口を開くまで俺は飯を食うからな」

もきゅもきゅもきゅ。

ひとりぶんの咀嚼音が、ふたりだけの室内に鳴り響く。

灯里と高木と鈴原を守れなかった――パンと同時にその意味を咀嚼してゆくと、まああれだよな。イケメンBCに鈴原が酷いことを言われて、パリピグループが霧散したことについてだよな、と行き当たる。

図らずも女子軍団は俺とアッシマー、そして灯里がいる宿に集まって、そのことが俺に迷惑をかけてる……ってことだよなきっと。

「祁答院」

折り返しの四本目をかじる前に声をかける。祁答院は力なく顔を上げて、俺の言葉を待つ。

「もしも祁答院が神様なら、お前を責めるやつがいるかもしれないよな。高木はなんで鈴原を守ってやらなかったんだって思うだろうし、鈴原はなんでこんなやつらから自分を守ってくれなかったんだ、ってな。でも違うだろ。お前は人間だろ。実際、高木も鈴原も内心どう思ってるかなんて俺にはわからねえけど、お前に対する文句なんて、なにひとつ言ってなかったぞ」

むしろ鈴原は、祁答院に対しては申しわけないと視線を落としてさえいた。

「……」

「それでも謝るなら、俺じゃなくて鈴原と高木にだろ。言っとくけど、俺はべつにあいつらを保護なんてしてないからな。あいつらが勝手に同じ宿に来ただけだ。そんでなんの因果か一緒にパーティを組んだだけだ。迷惑だと思ってるなら一緒に組んでねえ」

「……」

「んで、結局なんだよ。意味不明な謝罪だけで一緒に飯食おうだなんて言わねえだろ」

そこまで言って、こんなに一気に喋ったのなんて生まれてはじめてかも、なんて思いつつ、四本目のスティックパンにかじりついたとき、ようやく祁答院は口を開いた。

「自分が蒔いた種だ。俺がどうにかするのが筋だと思う。……それでも、きみに頼みたいことがある」

そうしてまた、今度は座ったまま身体を俺に向け、頭を下げてくる。

祁答院は一度大きく息を吸い、力無い眼に強さを宿し、まるで辛酸苦のすべてがまとわりついたような声を出した。

「厚かましい頼みだけど、友達を…………亜沙美と香菜、そして伶奈を守ってほし――」

「断る」

スティックパンを咥えたまま、祁答院の願いを断ち切るように、ぴしゃりと断った。

祁答院は俺の答えを予想していたのか。だからこその表情だったのか、ため息をついて苦笑する。

「またフられたな……。俺、きみ以外にはフられたこと、ないんだけどな」

たはは……と力無く笑い、眉尻を下げたまま続ける。

「理由を訊いても？」

「俺にはそうする理由がない。ただ、お前の願いの三分の一は頼まれなくてもやる」

「三分の一？」

「アッシマーと灯里はなにがあっても守る。その理由が俺にはある。でも高木と鈴原にはないからだ」

きっぱりと言い放つ。

俺は祁答院みたいに優しい人間じゃない。

みんな友達、みんな仲間、みんな俺が守る、世界は俺が守る！　……なんて人間エクスカリバーじゃない。

「お前には世話になってる。酷いことも言った。だからある程度のことはする。……でも、誰かを守るって簡単なことじゃねえだろ」

「……」

「祁答院。守ってほしいってのは、なにから守れって言ってるんだよ。俺にはお前が矛盾しているように見える」

祁答院と俺の決定的な違い。

祁答院は良いやつ。俺は悪いやつ。

祁答院は爽やかな人気者。俺は根暗な嫌われ者。

そんなことじゃなく、俺たちには根本的な違いがある。

「お前には守るべき対象が多すぎる。高木と鈴原を守りたいって言うのなら、なんでお前はいまだに望月や海野と仲良くやってるんだよ。お前は世界中の人間すべてを守るつもりかよ。無理だろそんなの」

祁答院の端正な顔が悔しげに歪んだ。……だからなんだ。俺はもう止まらない。

祁答院は良いやつだ。俺みたいなやつに声をかけてくれたし、優しくしてくれた。ぶっちゃけ尊敬するところなんて探さなくても見つけられる。

体育の授業中、俺を守ってくれたことにも感謝してる。オルフェの砂だって一生懸命集めてくれたし、コボたろうと一緒に闘ってくれた。

しかしやはり、この一点において、俺と祁答院は相容れない。

「お前は自分が良いやつのまま、すべてを守ろうとしてる。守るためには敵を知って、ときには傷つけなきゃいけないのに、敵も味方も含め、みんな手を取り合って笑いあえる日を夢見てる。もしもそれを成したとして、そこに行きつくまで、いったいどれだけの人間が涙すると思う？　そして涙を流すのは、望月と海野か、あるいは灯里と高木と鈴原か。どっちだと思う？」

「それは……」

「答えなんてわかりきってるだろ。お前はこんなことを俺に頼む時点でまちがってる。お前はとことん良いやつだけど、誰にでも良いやつだ。……でもそれって、誰にでも冷たいやつと変わんねえ」

「藤間くん、きみは……」

「俺には大それた望みも、なにかを変えてやろうって大志もねえ。でもな」

祁答院のことは嫌いじゃねえ。ぶっちゃけ嫌いじゃないやつにこんなことを言うのは心が痛い。

胸の痛みをごまかすように胸元のブレザーをぎゅっと掴んで、祁答院の狼狽えたような顔を睨みつけた。

「アッシマーと灯里を守るためなら、俺はどんな悪にでもなる。守るって、そういうことだろ」

きっと後から思い返すと死にたくなるような恥ずかしいセリフ。

でも、言わずにはいられなかった。

自分の信念を口に出したかったわけじゃない。

なにかを守るためにはなにかを犠牲にしなきゃいけないんだ、という、俺から見ればなにも捨てていない様子の祁答院に対する、最大級のアイロニーだった。

俺はずっと与えられる人間じゃなかったから、自分を守るためにはなにかを犠牲にしなきゃいけなかった。

言葉、態度、外面——そして。

最後の光景——中学時代、信念の前に喪った、ただひとつの心の支えを思い出し、しかし首を振って追い出す。

そうしながらもう一度、祁答院の瞳を見据えた。

「守りたいものはなんだ、祁答院。誰にでもいい顔をするお前に、なにも捨てられないお前に、いまだ望月と海野に笑いかけられるお前に、誰かが守れるとは思えねえ」

自分でも嫌になるくらい嫌なやつ。

なんだよ、ちょっと味方ができたからってイキがるじゃねえか。

それがどうした。

俺は、俺が嫌なやつであることを恐れない。

藤間透が悪で何が悪い。

「悪いついでにもうひとつだけ言わせてもらう。……灯里を守るのは祁答院、お前じゃない。——俺だッ‼」

柄にもなく吼えた。

感情が止められなくて。

激情が抑えられなくて。

俺の昂ぶりを一身に浴び、なにかにうたれたように胸に手を当てる祁答院。

生まれたばかりの感情をありのままに吐露し、肩で息をする。

そのままどれほど向き合っていただろうか。

予鈴が鳴り、昼休みが終了する五分前を告げた。

「戻ろうぜ。……お前、飯食ってないけど。俺、謝る必要ないよな」

「……ああ」

半分近く食べ損なったスティックパンの袋を持って立ち上がる。

――――胸が、痛い。

祁答院が落ちこんでいるのは、蓋さえ開けられなかった弁当のせいではないことくらい、俺にもわかっていた。

五章EX　あかり――転――少女が成長した日

「お嬢様、お見事でした」

「え？」

入浴を済ませて自室へ戻ると三船が待っていて、私に恭しく一礼した。

「イメージスフィアを確認致しました。オルフェ海に面する砂浜を録画したスフィアです」

「ええーっ!?　も、もしかして……？」

「好きだよ、藤間くん。大好き」

「きゃーーーーーー！　やめてやめてやめて！」

私の声真似をする三船の口を慌てて押さえる。

三船は頼れる姉のような存在だけど、すこし意地悪な一面があるのだ。

「こ、このこと、お父様とお母様は……？」

「無論、ご存じありません。おふたりには違うものを。奥様が知れば卒倒、旦那様が聞けば失禁するかと思われます」

「よかったぁ………」

この家令が雇い主のことをどう思っているのかはさておき、イメージスフィアを秘密裏に入手し、両親には当たり障りのないスフィアのほうを手渡してくれたことはありがたい。

「絶妙な告白でした。わたくしがあれこれ申し上げるより、お嬢様の飾らない告白は藤間少年の心を強くうった」

「う……。届いて……た、かな？」

「ええもちろん。藤間少年のお嬢様を見る眼がオンナを見る眼になりました」

「言いかた！」

う……すごく恥ずかしい。けど、でも、本当だったら、嬉しい、な。

「お嬢様の美しい瞳はすでに、彼をオスとして捉えておりますし」

「だから言いかた！」


胸が、苦しい。

『あいつらが来るんなら、俺はアッシマーを連れて宿を出る』

藤間くんと足柄山さんは仲がいい。同じ部屋にも住んでいる。

それでも、ココナさんのお店で亜沙美ちゃんの聞き出した〝つきあっていない〟というていた。

言葉に依存して、どこか安心してしまっていた。

一週間も同じ部屋に住んで進展がないのならきっと大丈夫、とよくわからない安堵を得ていた。

それでも、生まれていた。

私の知らない、絆が。

『お前のペースでいいんだよ、鈴原』

藤間くんは、変わらない。

私を助けてくれたあの日から変わらず、すごく優しい。

『か、香菜、あんたまさか……』

茶色のふわっとした髪が、揺れる。

いつもマイペースな顔は真っ赤で、瞳を見開いて、藤間くんと目が合えば、どうしようと私たちに助けを求めるように泳ぎだす。

はじめて見た友人の顔に、いちばん焦ったのは私だった。

この恋は、私だけのものだと思っていた。

私の藤間くんへの想いは、私だけのものだ。

でも、これだけ優しい彼だ。私以外が恋に落ちないなんて、そんな保証など、どこにもないじゃないか。

でも私は負けない。

この想いだけは絶対、誰にも――!!

『ふ、ふ、藤間くんはそんなことしませ――』

『藤間くんは悪くないッッ！』

――だ、れ、に……も……。

藤間くんへの暴言が支配するこの教室を、ふたつの勇気が劈いた。

いつもはおとなしいしーちゃん。

マイペースで、あまり自分の感情を表に出さない香菜ちゃん。

なにもできない自分が、歯痒かった。

握りこぶしをつくり、大きく息を吸って……でも、立ち上がれなかった。

そうして私はなにかに打ちのめされて、勇気の代わりに溢れた涙を撒き散らし、教室を飛び出した。

『困ったことがあれば、すぐに言いなさい』

『なにかあったら、すぐに駆けつけるからよ！』

言葉に意味なんてないのなら。

てゆく。

あの日、想いが溢れてまろびでた私の言葉は、雲散霧消(うんさんむしょう)――霧(きり)となってすこしずつ消え

「あっ……あっ……！　だめっ……！」

『好〇〇よ、藤間〇ん。〇〇き』

廊下でひとり、消えてゆく大切な言葉を掻(か)き集めても、意味のない言葉でしかない私の慕情(ぼじょう)は、ふたりの勇気(いい)に塗(ぬ)りつぶされてゆく。

「藤間くん、藤間くんっ……！」

やめて。消さないで。

私の想いを、なかったことにしないで。

「藤間くんっ……！」

どこにいるの。

涙も鼻水も捨て置いて、ただ廊下を走った。

私にはなかった、さんざめく綺羅星(きらぼし)のようなふたりの勇気がいまも脳内で煌めいて離(はな)れない。手を伸(の)ばしても届かない輝(かがや)きが、臆病(おくびょう)な私を見下ろしている。

「好きっ！　好きだよ、藤間くんっ！」

『好〇〇〇、藤間〇〇、〇〇〇』

駆けながら叫ぶ。

しかしまるでバベルの塔。

百万の言葉を積み重ねても、天に届くことはない。

崩れてゆく。

消えてゆく。

これが消えれば、認めてしまう。

それだけは、駄目っ――――！

「誘い受けの可能性はー？」

「祁答院くんがー？　でも誘い受けとヘタレ受けじゃカプ成立無理でしょー」

「相手がヘタレ受けじゃ無理だよねー」

…………………！

「あのっ……！　はあっ、はあっ、祁答院くんたち、どこですかっ！」

前方からきゃっきゃと嬉しそうに歩いてくる三人組を呼び止めた。

ぎょっとした相手から聞き出した、特別棟の第四会議室へと全力で駈ける。

しかしドタバタとした足音は三教室ぶんほど手前で止まり、ふらふらと力無い足音と激しい鼓動だけが胸に響いた。

——と。

『きみに頼みたいことがある』

会議室から、祁答院くんの声。

……部屋が広いため、声が反響し、外にうっすらと漏れているのだ。

思わず扉の陰に身を潜め、耳を澄ませた。

藤間くんを一目見れば私はきっと大丈夫。そう思っていたのに、私はなぜこんなことをしているのだろうか。

『友達を…………亜沙美と香菜、そして伶奈を守ってほし——』

『ほほふぁる』

急に自分の名前が飛び出して驚いたのも束の間、待ちわびた藤間くんの、なにかを口にしながらの声がばっさりと否定した。

どういう、こと?

『理由を訊いても?』

『俺にはそうする理由がない。ただ、お前の願いの三分の一は頼まれなくてもやる』

『三分の一?』

『アッシマーと灯里はなにがあっても守る。その理由が俺にはある。でも高木と鈴原にはないからだ』

なんの話なのかはわからない。

しかし藤間くんの声は、とくんとしたときめきと、ずきんとした痛みを同時に運んできた。

『祁答院。守ってほしいってのは、なにから守れって言ってるんだよ。俺にはお前が矛盾しているように見える』

祁答院くんは信じられないくらい良い人だ。

ふたりからもモンスターからも守ってくれるし、誰かが怪我をすると、とても心配してくれる良い人。

藤間くんにいちばん優しくしてくれた、良い人。

そのあとも祁答院くんに対する批判は続く。

胸が痛んだ。

大切な人が、己に傷をつけながら私の友達を批判するその声に。

そして、藤間くんの言う誰にでも優しいということは、誰にでも冷たいということ――

それは、祁答院くんだけじゃなく、私にも言えることだった。

そして図々しくも、足柄山さんと私――ふたりの名前が藤間くんの口から出て、わかっていたことだけれど……藤間くんに恋愛感情がないことを改めて認識させられ、苦しかった。

――私、いやなやつだ。

『俺には大それた望みも、なにかを変えてやろうって大志もねえ。でもな』

これ以上は、耐えられない。

飛び出して、止めよう。

友達を守るために。そしてきっと、胸を痛めながら言葉を絞り出す大切な人を守るために。

握りこぶしをつくって、息を吸い込んで――

『アッシマーと灯里を守るためなら、俺はどんな悪にでもなる。守るって、そういうことだろ』

酸素を取り込んだまま、まるで吐き出しかたを忘れたように私の呼吸は止まった。

藤間くんのこれも、言葉だ。

言葉というのは、私にとっては外面だ。

でも。

私ではなく、祁答院くんに向けたこの言葉は、勇気ではないのか。

ああ……そうだ。

そうだそうだそうだ。


あのときも。

『馬鹿じゃねーの。スマホ代も服代も慰謝料もきっちり請求してやるからなボケ。クサい飯でも食ってろゴミクズ』

不良から助けてくれたときは、どうしてこんな挑発するような言いかたをするのか疑問だった。


そして、このときも。

『灯里は俺のもんだ。お前らにゃ死んでも渡さねえっ……！』

ふたりから守ってくれたときは、自分のことしか考えられず、私はただ顔を赤くするだけだった。

あのときも、このときも。

きっと。

ううん、絶対。

私を、守るために。

ことが終わったあと、彼（かれ）らの怒（いか）りが、私に向かないように。

すべての憎悪（ぞうお）と憤怒（ふんぬ）を背負って。

藤間くんは——


藤間くんは、私のために、悪になってくれていたんだ。


「ひぐっ……、ぐすっ………！」

駄目、泣いちゃだめ、伶奈。

また、泣いてしまったら。

この涙（なみだ）の理由に気づいてしまったら。

『悪いついでにもうひとつだけ言わせてもらう。……灯里を守るのは祁答院、お前じゃない。——俺だッ‼』

「ううっ……。うううううーーーー〜〜〜〜……！」

涙を、そして声を殺すために噛んだ指からはやがて鉄の味がした。

たったいまこうして私のために悪となり、祁答院くんに立ち向かう藤間くんに対し、私は涙をこらえることすらできなくて、こうして声に変わるのを塞いでいるだけ。

それすらできず、たまらず走り去る。

井の中の蛙。

私の想いは、誰よりも強いと思っていた。

でもそれは言葉でしか表せないもので。

足柄山さんや香菜ちゃんのように勇気で示すこともできず。

『灯里を守るのは、俺だッ!!』

藤間くんのように、態度で表すこともできない。

こんなにも嬉しいのに、こんなにも哀しい。

いちばん強いと信じていた想いが、私に恋愛感情を抱いていないであろう藤間くんにも負けたことが。

『〇〇〇、〇〇〇〇。〇〇〇』

それを認めた刹那、言葉にしかならなかった私の想いは、しーちゃんにも、香菜ちゃんにも、藤間くんにも負けて消えてゆく。

それなのに、

「好きっ……！　好きだよぉっ…………‼」

新たな想いが次々と穴の空いたこころに満ちてゆき、そこらじゅうから横溢した想いは掬うことも飲み干すこともできず、ただ涙として流れてゆくのみだった。

午後の授業はなにも耳に入ってはこなかった。

私を心配してくれるお友達に頭を下げ、授業終了と同時に帰宅した。

鞄を机に置き、顔からベッドに倒れ伏す。

好きって、なんなのかな。

恋って、なんなのかな。

愛って、なんなのかな。

『灯里を守るのは、俺だッ‼』

「〜〜〜〜〜〜っ！」

枕に顔をうずめたまま、ばたばたと足を泳がせる。

そうしながら、果たして祁答院くんにそう言った藤間くんの気持ちに私は勝っているといえるのだろうか、と考えて落ちこむ。

立ち上がったしーちゃんに。

立ち上がった香菜ちゃんに。

好きで。

好きで好きで好きで好きで好きで好きで好きで好きで好きでしょうがない。

でも、誰かを想うって、それだけじゃ駄目なんだ。

声が聴きたいとか、逢いたいとか、不器用に笑う顔が見たいとか、それだけじゃ駄目なんだ。

じゃあ、私はどうしたいの？

コンコンとノックの音が耳朶を打った。この音は、三船。

「…………どうぞ」

「失礼しま――お嬢様、ひどい顔をしておられますね。お化粧をしたまま枕に顔をうずめては、処理が――」

本当に遠慮のない家令だ。私はあてつけのように顔をうずめてゆく。

「やれやれ。――お嬢様、以前わたくしに藤間少年の調査を依頼なされたことを覚えておられますか？」

「調査。…………あっ」

そういえば、お願いしていた。

入学直後、彼の名前を知り、しかしやはり声をかけられない私が、どんな趣味なのか、どんな食べものが好きなのか、ど、ど、ど、どんな女の子が好きなのかを知りたくてお願いした。

「三船、ごめんね？　藤間くんとおしゃべりできるようになってからも続けてくれていたんだ……」

「調査中断のご命令をいただきませんでしたので」

三船は律儀だ。多少融通が利かないこともあるが、仕事はきっちりとこなすし、仕事の質も高い。

「では報告はやめておきましょうか」

「き、聞くっ……！」

ベッドの上から勉強机に移動する。机の上にはいつの間にかレモンティーのカップがゆらゆらと湯気を立てていて、私がそれに驚いているあいだに、三船はどこから取り出したのかまくらカバーを交換していた。

手早く交換を済ませた後、三船は私に向き直る。

「……多少ショッキングな内容が含まれますが、よろしいですか？」

「う、うん」

成長しない。

私の頭はどこまでお花畑なのだろうか。

ショッキングな内容というのは、藤間くんの好みの女性が私からかけ離れている……そんな程度だと思っていた。

「では。藤間透、石川県金沢市生まれ。藤間樹と塔子のあいだに生まれる。ひとつ下の妹がおり、名前は澪。兄妹関係は良好だったようです」

家族構成から調べあげるとは、この家令はどれだけ律儀なのか。

「金沢市……千葉から遠いんだね」

兄妹関係は良好だったという過去形は、いまは藤間くんがひとり暮らしをしているからだと、とくにつっこまなかった。

「中学校での成績は優秀。常にクラストップの成績ですがこれといった友人はおらず、休み時間はよく眠っていたようです」

「……」

「当然恋人はなし。しかし小学校、中学校ともに偽告白を受けたことがあるそうです」

「偽告白？」

「好きでもない相手に告白し、舞い上がったところでネタばらしをしてからかう、タチの悪いイジメ、あるいは罰ゲームの一種です」

「……っ！」

罰、ゲーム。

そんな酷いことを本当にする人がいるのかと信じがたい気持ちになったが、それよりも罰ゲームという単語に私の記憶が反応する。

『罰ゲームなら他所でやれ』

『話しかけるだけで罰ゲームかよ』

じゃあもしかして、私の行動が罰ゲームだと藤間くんが思ったのは、過去のイジメが原因……？

「実際、彼は陰湿なイジメと暴力を受けていたようです。彼の背には、小さいですがいまだに火傷の跡が残っています」

「待って、待って待って待って…………！」

私は自分の浅はかさを呪った。

なにが好きな女の子のタイプか。

馬鹿じゃないのか。

火傷？　やけどってなに。

不慮の事故とかじゃないの？

イジメ？

どうして？

どうして、藤間くんを虐めるの？

なんの権利があって？

「理由は暗いから、陰気くさいから、生意気そうな目が睨んでいるように見えるからだそうです」

目眩がした。眼の奥で、なにかがぱちぱちと瞬いた気がした。

悔しくて、切なくて、哀しくて。

どうしよう。もう涙なんて枯れ果てたと思っていたのに、また泣きそう。

そんな私の予感は的中する。

私はこの直後、わんわんと泣くことになる。

「藤間少年は、可…………いた…………を目の前で……され逆上。一四名への傷害事件を起こし、それが原因となって藤間家は金沢を去っています」

六章　藤間透が後悔して何が悪い

1　もしも、この想いに名前があったなら

すこし照れ屋さんで控えめだけど、心根の優しい子。

それが幼少の俺。

父はそんな俺を物足りないと感じていたようで、野球やサッカー、空手をしきりに勧めた。

「あなた、透は優しい子なんだから、スポーツや格闘技よりも、ピアノのほうがいいんじゃないかしら？」

母は俺を溺愛してくれた。目に入れても痛くないと、何度も俺に口づけし、頬をすり寄せてくれた。

全部やった。なんだってやった。

あまり伸びなかったけど、父の期待と母の愛に応えたかった。

――――アノ日マデハ。

俺は、アルカディアに憧れていた。

アルカディアに想いを馳せ、たどり着く権利を持つ高校生になることを心待ちにしていた。

異世界という現実逃避――もちろんそれも理由としては大いにあったが、一番の理由は、夢の代わりにアルカディアで目覚めるからだった。

すなわち。

あの悪夢を、見ずに済むから――


「んあー……。転校してぇ………」

そんな自分の寝言で目が覚めた。

我ながら酷い寝言だと認識できるだけ、今日の寝覚めはいいほうだと思う。自分を褒めてやりたい。少し頑張ったご褒美として、食後にプッツンプリンをつけてやりたい。

「うわぁ……朝から酷い寝言ですねぇ……」

「んあー………うっせ……」

上を向いたまま、アッシマーの声に返す。こいつ、俺の脳内とまったく同じこと言いやがって。

半身を起こすと、彼女はやはりステータスモノリスの前にいた。

「その……なにか、ありましたか？」

寝ぼけ眼でも考えられるほど、アッシマーの漠然とした質問はわかりやすかった。

昼休みの祁答院との一件があって、午後はなんかみんなこっちをちらちら見てくるし、灯里だってなんか変だし。

つまり、アッシマーの質問は、昼休みになにかあったんですか？

――むしろなにがあったんですか？　ってところだろう。

『アッシマーと灯里を守るためなら、俺はどんな悪にでもなる』

『灯里を守るのは、俺だッ‼』

…………。

ねえなんで俺あんなこと言ったの？　悪にでもなる？　何島みゆきなの？　なに勢いでイキっちゃってんの？　さすがのエクスカリバーもドン引きだってあんなの。

ああああぁ……転校してぇぇぇぇ……。

頭を抱える俺を心配そうに覗き込んでくる大きな瞳。

……こんなの、言えるわけねえだろ。

「な、なんでもねえよ」

「そうですか、わかりましたっ」

わかっちゃうのかよ！　いくらなんでも早くね!?　普通もう二段階くらい粘ってくるだろ！　祁答院くんとなにかあったんですよね？　とか、灯里さんも調子わるそうでしたけど、関係ありますか？　とかさ！　質問の引き出しなんていくらでもあるだろ！

「わたしからは訊きませんっ。でも、話したくなったら話してくださいね？」

…………。

水をかけられた火のように脳が静まり、頭を抱える手はだらんと垂れ下がる。

それは、いつかのやりとり。

あのときもアッシマーはこうやって、気になって仕方ないだろうに、俺がしんどくなるくらいなら話すように、とだけ言って身を引いてくれた。

アッシマーはなんというか、踏み込んでほしくないところと踏み込んでもかまわないところをどこかで理解しているのか、俺の弱いところで自我を優先しない。

……だから、かな。

人嫌いの俺が、誰かと一緒にいても苦じゃないのは。

アッシマーは、俺の大切なものを奪わない。

俺を優しく包んで、柔らかく煮ることはしても、俺を傷つけようとしない。

俺の大切なものを、奪わない。

気づけばアッシマーを見つめていて、アッシマーは俺に首を傾げて返す。俺は誤魔化すようにそっぽを向いて問いかけた。

「いま何時だ？」

「七時三〇分くらいですかねぇ。藤間くんとリディアさん以外はもう起きてますよぅ？」

「俺にしては上出来じゃねえか。それにしても、なんつーかお前らって元気だよなぁ……」

七時半であいつら全員起床かよ。すごすぎるわ。

「藤間くんが寝ぼすけさんなだけですからね？　ささ、顔を洗ってきてください。二度寝するとまた女将さんに怒られちゃいますよぅ？」

「んあー……」

歯をわしゃわしゃと磨きながら、祁答院へ言い放った言葉を反芻する。

『お前じゃない。――俺だッ‼』

……。

のたうちまわりたくなるような恥ずかしさの裏で、どうして俺はあんなことを言ったのか、そしてどうしてあんなことを思ったのかを考える。

あの熱さはなんだったのか。

怒りにも似た激情の渦はなんだったのか。

こんな俺を好いてくれた灯里を、まるで本来自分が守るべき存在なのにとでも言いたげな祁答院に腹が立ったのか。

それとも、アッシマーにしろ灯里にしろ、大切には想っても、恋愛感情に発展する兆しすら見えない自分のふがいなさに腹が立ったのか。

「あっ、藤間くん、おはようっ！」

「おはよー。あはは、寝癖すごーい」

「あ、そーそー、藤間ね。……あんたまだ寝ぼけてんの？」

「……よう」

ちょうど歯を磨いてさっぱりしたとき、女子三人組はタオルを持ってシャワー施設から宿の敷地へ入ってきた。

つーかなんだよ高木の「いまあいつの名前出てきたわ」感。完全に直前の灯里の挨拶を聞いてるからね？　思い出せてないからね？

「……三人で行ったのか？」

「リディアはまだ寝てたし、しー子も誘ったけど、朝五時にシャワーしちゃったって。あの子ウケるくらい朝早いね」

ああなるほど、アッシマーも誘ってくれたのか。こいつらは仲良し三人組だから、アッシマーが疎外感を感じないかとすこし不安だった。

……もっとも、俺が心配するようなことではないんだけど。

「今日はどーするん？　あたしらも一緒に回っていいん？」

「んあー……それについてなんだがな。一緒に回る場合、ちょっと謝らなきゃいけねえことがある。アッシマーもいるときに話すわ」

昨日に引き続き、高木たちにはパーティを組む意志があるようだ。

俺の呪いと高木や鈴原の弓は相性がいい。

というのも、牽制や敵の動きを止めるだけにとどまるはずの射撃が、損害増幅により、一撃で葬ることはなくとも、戦闘継続が困難になるほどの致命打を与えられるようになる。

だからぶっちゃけ一緒に回ってくれるのはありがたい。

しかし、高木がグループ内で揉めた原因のひとつを、いまの俺は持っている。

「いやなにそれ、キツくね？」

相変わらず量の多い朝食が済んだ後、自室にて。

俺が全員に話したこと。

それは親からの仕送りがストップしたため、アルカディアでの稼ぎの一部を現実世界の金に替えなきゃいけない、ってことだった。

それは高木とイケメンBCの確執……その原因となんら変わらない。

だから、高木の反応も頷ける。

「だよなぁ……。なんなら俺、しばらくひとりで採取するから別行動にするか。その代わり、夜にはちゃんと帰ってきてくれよ。女子だけじゃなにがあるか――」

「いやちげーし。どんな勘違いしたらそうなるわけ？」

高木にため息で返される。

「んあ？」

「キツいっつったのはあんたの境遇だって。なに？　親に大丈夫だって判断されて仕送り打ち切られたんっしょ？　あんた大丈夫なん？　親と仲悪いん？」

「……え」

……まさか高木に身の上を心配されるなんて思っていなくて、情けない声をあげてしまう。

え、なに？　ってことは、ヤバいって言ったのは、一緒に行動するって決まった瞬間、スタンス変更とかヤバくね？　って意味じゃなかったってことか？

「や、仲はべつに……良くはねえけど──」

「そ、それよりっ！　今後のこと、どうするか考えない？」

灯里が珍しく大きな声を出して流れを断ち切った。

やや不自然に思える行動。自然と灯里に耳目が集まる。

「あ、ご、ごめん。家のこととか、人それぞれだからっ。足柄山さんはどう思う？」

「わ、わたしですかっ？　そ、それはそのう……」

灯里の行動を不自然に思いながらも、灯里には手を合わせたい気持ちだった。

正直、家のこととか、家族のこととか、いまはあまり考えたくなかったから。

「ぅ……で、できればですねっ。わたしもそのぅ……えへへ……うち、貧乏なので……いくらか現実のお金に両替させていただけるとうれしいですぅ……」

「え、お前そうだったの。なんでもっと早く言わねえの」

「言えるわけないじゃないですかぁー……。藤間くんすごく必死だし、全力でアルカディアにお金使ってますし……」

ん……そう言われりゃそうか……。

これまで、現実の金に両替しようだなんて、ひとつも思っていなかった。

「もしかしてお前、俺に金の管理を任せてたのって……」

「はいぃ……。そのぅ、現実でギアを確認して、所持金20シルバーとか書いてあると、10シルバーくらいなら……って、一万円に替えてしまいそうだったので……」

以前、金をそれぞれで管理するかと声をかけたとき、無駄遣いしそうだからいい、と返された。

アッシマーには金遣いが荒いとか、無駄遣いをするとかそういった印象はまったくない。そんなアッシマーが欲に負けるかもしれないってことは、足柄山家は相当金に困っているんじゃないだろうか。

「しーちゃんはひとり暮らしなのー？　ウチと亜沙美はひとり暮らしなんだけどー」

何気ないような鈴原の質問。

しかしアッシマーの答えによって、２０１号室は凍りつく。

「いえいえ、わたしは一一人きょうだいの長女なんですけど、借家に一一人で住んでますよぅ？」

え。

……え。

「「「えええええええっ⁉」」」

女子たちの悲鳴。

ちょっと待て。

ツッコミどころが多すぎる。

「えへへぇ……わたしのことなんてどうでもいいですよぅ。それより灯里さんのおっしゃるとおり、この先どうするかを――」

「いやいやいやいやいや。ちょっといい？　あ、いや、でも訊くの悪いし……んー、でもごめん、訊かせて。一一人きょうだいってのもアレなんだけどさ。一一人で住んでるってどーゆーこと？」

うっわ高木のやつ訊きやがった。

すなわち、一一人きょうだいで、両親と合わせて一三人、あるいは母親か父親と一二人で住んでるっていうのならまだわかるけど、一一人だと計算があわないってことだ。

あれだよね？　長女はアッシマーだけど、歳上の長男と次男が成人してて、別のところへ出稼ぎに行ってて、両親ときょうだい九人で住んでるってことだよね？

「はいっ。わたしたち、両親いませんのでっ」

ぐあ…………。

あまりにも。

あまりにも普通のトーンでとんでもないことを語るアッシマー。

どんな状況でそうなったのかなんてわからない。

でも、さすがにヘヴィすぎるだろ……。

灯里と鈴原は顔を両手で覆って、高木なんてボロ泣きしてんじゃねーか。

「ごめん……ごめん！　そのあたし、ごめんっ……！」

「はわわわわ……た、高木さん？」

「あんた、めっちゃ大変だったんだね……！」

アッシマーの胸以外華奢な身体を強く抱きしめる高木。なんで女子って唐突にゆりゆりしだすの？

……しかし、アッシマーがそんなに大変な生活をしていることなんて知らなかった。

そしてアッシマーが現実に金を使えなかった遠因は俺にあるのだ。

……くそっ。

いっつも笑ってるから、そんなこと露ほども思わなかった。

そんな俺を察したのか、高木の肩越しにアッシマーが、

「藤間くん、ほんとうに気にしないでくださいね？　むしろわたしは感謝していますので
っ」

「……んあ？　感謝？」

「はいですっ。もしも最初のころから現実のお金に両替していたら、こんなにも早く、強くなれませんでしたのでっ」

……。

「……いまでもゲロ弱だけどな」

アッシマーにまたひとつ己の弱さを許されたような気がして、甘えようとする自分が情けなく、ごまかすようにまたひとつ皮肉った。

結局、アッシマーは自分の身の上話を早々に切りあげて、この先どうするか、という話に切り替えた。

俺としてはアッシマーたちがどうやって生活しているのか気になる……というよりも心配になったが、アッシマーからすればぺらぺらと喋りたいことでもないだろう。

「ちょっと待ってねー。ん……えーいっ」

鈴原がそれを感じとり、すこし大げさに聞こえる声をあげ、魔法かなにかで何もないと

ころから真っ白な紙を取り出した。

「え、なにいまの」

「【紙生成LV1】っていうスキルだよー」

鈴原は事もなげにそう言って、さすがにペンとインクは魔法とはいかず、革袋をごそごそしだす。

「これからどうするかーとか、目標とかの話だったら、紙に書いたほうがそれっぽいと思ってー」

そりゃ文字にしたほうがそれっぽいけど……。それにしてもすげえなそのスキル。トイレに紙がなくても慌てなくてよさそうだ。

「うっわ藤間、またつまんないこと考えたでしょ」

「なあ頼むから脳内覗くのやめてくれ」

またしても高木に思考を読み取られた。なにこいつエスパーなの？　マイ○ドシーカーなの？

「べつに覗いてないよ。顔に書いてあるし」

「どんな顔だよ……あ、いや、しなくていい」

しなくていいって言ったのに、高木は先日の女将のように一生懸命眉間にシワを寄せ、目を細めて非常に醜い顔をつくってみせた。俺っていったいどれだけ醜いの？

……とまあそんなつまらないことは置いといて、金稼ぎで一番効率がいいのは採取だ。採取をし、アッシマーが調合、錬金、加工して、リディアに買ってもらう。このパターンが戦闘よりも儲かることを、俺は昨日身をもって知った。

しかしその調合に必要なのはレベル。レベルが上がればさまざまな能力が10％上昇するため、ポーションの調合成功率も上がるってわけだ。

もちろんいろいろな調合を試して調合経験値を積む方法もあるが、手元にある不要な草はホモモ草のみ。精力剤を作られて女子に警戒されてもたまらん。

「藤間くんと足柄山さんは、私たちが来る前はずっと採取をしていたんだよね？　一日にどれくらい稼いでいたの？」

首を傾げる灯里。たしかいちばん頑張った日で、一個24カッパーの薬湯を五五本売ったから……。

「ふたりで一日13シルバー20カッパーくらいだったよな」

「そうですねぇ……」

「13シルバー⁉　ふたりで⁉　すごくね⁉」

「凄くねえ。言っとくが、まだまだ発展途上だからな。レベルが上がってポーションを調合できるようになれば、儲けは倍になる」

実際はマンドレイクを採取する手間があるから単純に倍ではないが、少なくともそのころにはアッシマーだけじゃなくて俺もレベルが上がっていて、いまよりも効率よく採取ができるようになっているはずだ。

「んじゃとりまどーすんの？」

「採取もレベル上げも必要ってことだ」

「じゃあダンジョンに向かったほうがいいよね？」

「手に入れた素材はわたしが調合しておきますので、そのあいだに……」

「だめだよー。しーちゃんがいないとモンスターからのお金が半分になっちゃうー」

「両替はどうするー？」

今日の目標などに関して、侃侃諤諤とした話し合い。やべえ俺、学校のディベートとかでこんなに喋ったことないわ。

「とりあえずこんなのでいいかなー？」

話し合いが一段落すると、鈴原が丸文字の、しかしやはり意外と綺麗な文字が書かれた三枚の紙切れを作業台に置いた。

♡みんな♡で手に入れたお金は
♡みんな♡で均等に分ける! ٩(˙ω˙)و

昨日より今日、今日より明日、
たくさん稼げるようになろう! ٩(˙ω˙)و

e(˙ω˙)ᐢ 今週の目標! ٩(˙ω˙)و

しーちゃんのポーション調合成功率を
70%まで上げる! ٩(˙ω˙)و (現在48%)
全員がマンドレイクを
採取できるようにする! ٩(˙ω˙)و
サシャ雑木林で安全に採取ができるくらい
強くなる! ٩(˙ω˙)و

e(˙ω˙)ᐢ 今日の目標! ٩(˙ω˙)و

♡みんな♡で35シルバー集める! ٩(˙ω˙)و
ひとり7シルバーずつ! ٩(˙ω˙)و
♡みんな♡でレベルを
1ずつ上げる! ٩(˙ω˙)و

( )え( )! ٩(˙ω˙)و

「んー、本当は壁に貼りたいんだけどー。セロテープってないよねー？」

「はい待てちょっとストップ」

きょろきょろと見回す鈴原を慌てて止めた。

「なにー？　……あ、もしかしてウチ、字が汚かったー？」

「むしろ思ってたよりめっちゃ綺麗だった。いや問題はそこじゃねえだろ」

めっちゃ女子らしい丸文字なんだけど読みやすくて綺麗な字だ。しかし口に出した通り、問題はそこじゃない。

「は？　あんまりたくさん書いても達成できないから内容これでいいって言ったのあんたじゃん」

高木が多少苛ついたように俺を咎める。

……え、いや、お前ら本当になんとも思わねえの？

「べつに内容にも文句はねえ。前のめりな顔文字も使いすぎなこと以外文句はねえ。でも〝みんな〟の周りのハートマークだけは勘弁してくれねえか……」

「「そこ⁉」」

いや、♡みんな♡とかどう考えてもヤバすぎるだろ。

「いーじゃんべつに。しゃーなしであんたも♡みんな♡に入れてあげるって」

昨日のしおらしさはどこへやら、高木はにかっと笑いかけてくる。

「だからこそなおのこと恥ずかしいんだよ……いやもうハートマークそのものが恥ずかしい。滅ぼしたいレベル」

「理不尽！　あんたハートマークに謝って⁉」

「たぶんあれですねぇ。藤間くんはクリスマスになるたびに爆発しろって言ってるタイプですねぇ……」

「俺はそんな無駄なことはしない。そもそも俺はクリスチャンじゃないからクリスマスとはまったく無関係だ。だからむしろクリスマスというより、クリスチャンでもないのにクリスマスだからっていちゃつくカップルを滅ぼしたい」

「思ったよりも根深い！」

唾を飛ばす勢いでツッコむアッシマー。

高木に「それはいいからさ」と俺の意見はあしらわれ、ハートマークが残ったままの紙切れを作業台に置いたまま、俺たちは宿をあとにして、ココナのいるスキルブックショップへ。いくつか買い物をして、今日の目標を達成するため、レベル上げへと向かった。

いまのＬＶは４だから、頑張ってＬＶ５に上げねえとな……。

誰にも言えない、俺だけの目標。

祁答院、そしてイケメンBC——望月(もちづき)と海野(うんの)の三人はおそらく高木たちと同じLV5だろう。

祁答院はともかく、俺は望月と海野よりも強くならなきゃいけない。

『守るのは祁答院、お前じゃない。——俺だッ!!』

あの言葉を、啖呵(たんか)じゃなく、勢いでも思いがけぬ激情でもなく、現実にするために。

◆　◆　◆

「ダメだ、話にならねえっ！　退くぞ、走れっ……！」

宿を出た時間から察するに、午前九時一五分ごろ。

俺たち五人とコボたろうは屋外ダンジョン『サシャ雑木林』で窮地(きゅうち)に陥(おちい)っていた。

「でもっ、木箱！　木箱がもったいないですぅぅぅぅー！」

「あほたれ死んだら木箱どころじゃねえだろうが！」

「っ……！　駄目(だめ)っ、囲まれてる！　後ろからもコボルトが……！」

「コボルトなら突(つ)っ切る！　損害増幅(アンプリファイ・ダメージ)……！　……って五体もいんのかよ馬鹿野郎(ばかやろう)⁉」

サシャ雑木林でレベル上げ中、物理耐性(たいせい)持ちのマイナージェリーがわらわらと寄ってきて、最初の二体まではどうにかなったが、気づけば五つの球体に囲まれていた。

「がうっ！」

　くそっ、コボたろう……！

　これしかねえのかっ……！

　マイナージェリーに囲まれ、トリプルのミントアイスみたいになったコボたろうの召喚(しょうかん)を解除し、

「ＭＰもってくれっ……！　召喚、コボたろうっ！」

　コボルト五体が待ち受ける退(の)き口に再召喚した。

　コボルトたちは驚(おどろ)き、しかしそれも一瞬(いっしゅん)で、たったひとりのコボたろうに殺到(さっとう)する。

「いまのうちに逃(に)げろっ！」

「で、でもっ、コボたろうが……！」

「あんたはどうすんの⁉」

「うだうだ言ってんじゃねえっ！　早く行きやがれこの野郎(やろう)ッ‼」

　咆哮(ほうこう)を纏(まと)わせながら、俺も杖(つえ)を掲(かか)げてコボルトへと向かってゆく。

　灯里とアッシマーは俺が守る。

　そう、誓(ちか)ってしまったから。

ごめんな、コボたろう。

でも、お前をひとりで死なせたりは――

――そのとき。

空から天使が舞い降りた。

長く美しい銀の髪。

緑のなかにふわりと香る、甘く爽やかな匂い。

ぬぼっとしたアイスブルー。

彼女が着地する頃には、華美な装飾が施された銀の杖から魔法陣が出現していて、

「凍土(ニヴルヘイム)」

いつの間に詠唱をしたのだろうか、ごく短い彼女の言霊は、緑を真っ白に変えた。

寒いとか凍えるとか、そういうのじゃない。

俺たちは――少なくとも俺は、寒さを感じていない。

周囲が、凍りついた。

草も木も真っ白になって、コボルトもジェリーも一瞬で氷像のように凍りつき、崩れ落ちながら緑の光に変わった。

《戦闘終了》

《２経験値を獲得》

「リ、リディア……！　た、助かった……！」

へなへなとその場にくずおれる俺。コボたろうも傷を負う前だったらしく、元気そうに駆け寄ってきて、俺の隣でリディアに一礼した。

「藤間くん、コボたろう！」

まだ近くにいたのだろう、女子四人が駆けてくる。

アッシマーと高木の顔には、俺への怒気が含まれていた。

「もうっ……藤間くんはほんとにもうっ……！」

「あんた……コボたろうといっしょに死ぬ気だったわけ？」

「べつに……考えすぎだろ」

恐怖で足が震えていたが、なんでもないふうを装って立ち上がる。

しかし損害増幅からコボたろう召喚を連続でやってしまったからだろう、急なＭＰ消費による立ちくらみが襲ってくる。

俺たちがこのサシャ雑木林に足を踏み入れたとき、まだリディアはいなかった。

「いまきたところ。なんだか騒がしかったから空から見てみたら、やっぱり透たちだった」

当然だが、リディアが空を飛んだわけではない。彼女が掴まっていたサンダーバードはリディアに頬をすり寄せている。

ともかく、助かった。

「昨日やおとといとはわけがちがう。昨日はわたしがいちど泉のまわりのモンスターをやっつけた。だからモンスターのかずがすくなかった。でも今日はちがう」

うへぇ……。昨日戦ったのはモンスターの残党で、今日戦ったのは主力の一部だったたってことか。どうりで昨日と違って初戦からやばかったわけだ。

「透たちはむちゃしすぎ。なんどもいってる。むりしてもいいことはない」

泉の拠点にて、俺たちはリディアに説教を受けていた。

「いやそう言われてもな。ぶっちゃけどこからが無茶なのかわかってねえんだよ」

「レベルをあげることは大切。でも、ここよりかんたんなダンジョンなんていくらでもある」

「え、そうなのか?」

顔を見回せば、灯里、高木、鈴原の三人が控えめに首肯する。じゃあなんでそっちのダンジョンにしなかったんだよ——そう愚痴ろうとして、踏みとどまった。

こいつらが知ってるダンジョンで、ここよりも敵の弱いダンジョン——そんなの、こいつらも行きたいに決まってるし、行けるものならそう提案したに決まってる。

でもこいつらが行きたいってことは、祁答院はともかくとして、イケメンBC――望月と海野だって行きたいダンジョンに決まってる。つまり、鉢合わせる可能性があるってことだ。

だからきっと、言わなかった――いや、言えなかったのだろう。

そう察した俺は云々を端折る。

「迷惑、かけちまったな」

「迷惑だなんて思ってない。心配しただけ。……すこしまってて」

雑木林の奥へ消えてゆくリディア。きっと昨日と同じように、一度モンスターを蹴散らしてくれるのだろう。

初っ端から他力本願なのも格好つかないが、リディアの厚意に甘えて休憩することにした。

最大MPが15に上昇し、【☆召喚時MP減少LV1】習得によりコボたろうをMP6で召喚できるようになったわけだが、MP4消費の損害増幅二回とコボたろう召喚を立て続けに行なったことで、立ちくらみが相当キツかった。

「伶奈と藤間は休憩してなよ」

「ウチらなにもしてないから、採取してるねー」

「あ、わたしも行くですっ！」

高木がさっさっと、鈴原がたたたっと、アッシマーがどべべべー！　と離（はな）れてゆく。

コボたろうは三人と俺たちを見比べてこちらに一礼し、召喚可能な距離（きょり）ぎりぎりまで離れて採取をはじめた。

「……」

「……」

必然的に俺と灯里が残される。

多少の気まずさを感じ、先程（さきほど）から感じていたことを問うてみた。

「……なあ。なんかあったのか」

「え、えっ？」

急に振（ふ）られた灯里はわかりやすく狼狽（うろた）える。それだけで少なくともなにかがあったことは理解できた。

「いや、なんかあっただろ。さっきからなにもないところを見てぼーっとしたりキョドったり」

「そ、そんなことないよ？」

なにかがあったことは間違いない。しかし灯里にはそれを口にする気はないようで、そうなると内容が俺に関わることか、俺には話せないことのどちらかだ。

「話せないならべつにいい。でも、話したくなったら言ってくれ」

それだけ灯里に告げ、アッシマー譲りのセリフだから気まずかったのか、それとも柄にもないことを言って恥ずかしくなったのか、灯里を視界から消すように、腰掛けている広く平らな切り株の上でごろんと横になった。

「あっ、藤間くんだめだよっ、髪が汚れちゃう」

「あ、お、おい」

それなのに灯里は仰向けになった俺の視界にぱたぱたと入ってくる。

「いやべつに男だから気にしねえって。マジで大丈夫だから」

頑なに視界から外そうとして、灯里に背を向けて横たわる。そうして数秒の後、あろうことか灯里は俺と同じ切り株に腰を下ろしたことが優しい振動を伴って伝わってきた。

な、な、なにしてんのこいつ……！

同じ切り株に。

俺の身体どころか頭まで乗った切り株に。

し、尻をつけている……!?

う……。

こうなると俺ができることはただひとつ。

陰キャぼっちの十八番、寝たふりである。

「……」

「……」

あのときと同じ。

波音が聞こえなくなったあのときと同じように、木々の揺らめきも緑のざわめきも聞こえなくなって、突如生まれたしじまに己の律動だけがやかましく鳴り響く。

やばい、寝たふりは失敗だった……！

灯里、早くどこかへ行ってくれ……！

どくんどくんどころじゃない。

ばくんばくんと痛いほど高鳴る心臓の音が、灯里に聞こえてしまいそうだから。

だから早く離れてほしい。

そう思っているのに、灯里はなおも俺に追い打ちをかける。

「ひ、膝枕……。して、あげたい、な」

う……うおあ………。

灯里は俺が寝たふりをしていることを知っているのだろうか。というかむしろ、横になってそんなに時間が経ってないんだからさすがにバレているかもしれない。

身体じゅうの熱が頭部に集まってゆく。

灯里はいま、どんな顔をしているのだろうか。

いつものように少し俯いて、赤い顔から汗を飛ばしているのだろうか。

もしも俺の反応をみて愉しんでいるのなら、灯里はとんだ魔性だ。

しかしそれを疑えるほど、灯里に対する猜疑心は残っていなくて、灯里のくれた言葉が何度も脳をよぎってゆく。

『好きだよ、藤間くん。大好き』

左から右に、右から左に。

誰も好いてくれなくて、誰も好きになれなかった俺を揺さぶる言葉が何度も脳内を往来し、過ぎ去っても消えてくれなくて、何度も跳ね返って増え続ける。

脳内も胸も灯里でいっぱいになったとき、しかしやはり心の裡から現れる、ひとりの少女。

そいつはべつにめちゃくちゃ可愛いとかそんなことはない。

相当ドジで、結構やらかすし、腹立つことを言ってきたりする。

あざといのやめろって何回言っても「ふぇぇ……」とか言い出す。

俺のなかにいるお前は、いつも背中で俺を庇ってくれて、そのあと少し照れくさそうに「えへへぇ……」って、俺のこころに沁みながら、柔らかく笑ってる。

——ああ、畜生。

もしも。

もしも、この想いに名前があって。

もしも、それが恋という名前だったなら。

アッシマーへの想いが恋だとしたなら、俺は灯里にも恋をしていることになる。

そして、灯里への想いが恋だとしたなら、俺はアッシマーにも恋をしている。

『あんたさ、伶奈としー子、どっちかしか助けられなかったら——』

選べるわけないだろ、そんなの。

なあ、祁答院。

昨日俺に頭を下げたお前は、こういう気持ちだったのか？

望月も海野も高木も鈴原も灯里も選べなくて、断腸の思いで俺に三人を託したのか？

…………違う。

俺は誰かに、自分の大切なものを託さない。

託したらどうなったのか、俺は身をもって知ったじゃないか。

灯里が慌てて立ち上がった気配がした。うっすら目を開くと、いつもの調子でぬぼーっと歩いてくるリディアの姿が見えた。

白いローブに包まれた灯里の膝から上が寂しそうに震えた気がして、灯里の勇気に応えられないふがいなさ、そしてそう感じた自分の傲慢を律するように、あるいは胸のなかにふたりの女性がいる優柔不断な己を罰するように、誰にも見えないようそっと切り株に頭を打ちつけた。

2　爆誕（ばくたん）、コボじろう

リディアがモンスターをある程度倒（たお）してくれたことで、敵とのエンカウントは少しマイルドなものになった。

「損害増幅（アンプリファイ・ダメージ）！　……うっし、五体全員巻（ま）き込（こ）んだ」

「ナイス藤巻（ふじまき）！　うるあっ！」

「……ふっ！」

「落雷（サンダーボルト）！」

敵が五体現れても、全員が弓持ちだったり、挟（はさ）み撃（う）ちじゃなかったり、ジェリーが含まれていなければ安全に対応できる。ちなみに俺は藤間である。

「コボたろうちょいタンマ！　もう一発！　うりゃっ！」

「……ふっ……！」

コボたろうが突撃（とつげき）する前に、二波目の射撃（しゃげき）。

……ちなみにさっきからの「ふっ！」という声は、鈴原が和弓（わきゅう）『☆鳥落（とりお）とし』から矢を発射する際の声だ。

高木が昨日言っていた通り、和弓と洋弓は全然違った。

弓自体は遠くから見れば少し違うかな？　程度だが、一番違うのは構えだ。

洋弓は照準を合わせて縦横自在に構えて射る。

しかし和弓はなんというか、ルールに則っているというか、格式ばっている。

構え、踏み込み、また構え、呼吸を整えて射撃する。

ぶっちゃけ命のやり取りをしている戦闘において、俺からすればそれは伝統的というよりも旧弊であるという考えが強かった。

強かった……んだが――

「「ギャアアアアアッ！」」

モンスターとの距離がかなりあったため、一度の射撃に時間のかかる鈴原でも、高木と同じように二回ずつの射撃を行なうことができた。

驚くのはそこではなく、鈴原の放った矢の勢い。

高木とも以前の鈴原とも比べものにならない速度で風を切り裂いて、コボルトの胸を貫いて、後ろにいたコボルトをも串刺しにして吹き飛ばしてゆく。

「うっそ、あんたマジ⁉」

鈴原は二矢で三体のコボルトを討ち取り、残るは高木の矢を受けて草に伏す一体の哀れなコボルトのみだった。

《戦闘終了》

《2経験値を獲得》

「「おー…………」」

コボたろうがトドメを刺すと、鈴原に視線が集まる。

「香菜すごくね!? あんた弓道ちょっとだけかじったことあるって言ってたけど、相当やってたっしょ？」

「う、うーん、中学の三年間だけだからー」

英才教育じゃあるまいし、高校一年生の俺らからしたら、三年間もやってたんならちょっとは言わない気もするけどな。

「伶奈の雷が当たったおかげだよー。偶然だってー」

手を振って謙遜しながら汗を飛ばす鈴原。

アーチェリーと違って弓道は難しいらしく、動くモンスターに命中させるのは至難の業なのだという。

しかし中れば、灯里並の火力なんじゃないのか……？

「うっわはじめて見る！　キモ！」

「うおあああ蝙蝠か……！　てか高木お前いまキモって言うとき俺のほう見たろ！」

コボルトと群れをなして羽をはためかせてやってくる深緑の蝙蝠。

翼を拡げれば一メートルなかばはあろうかという体長。

蝙蝠だろ？　なにビビってんだよと思った諸兄、よくよく考えてみてくれ。

コボルトは犬の頭だが、人の形をしている。

殺意はみなぎっているものの、なんらかの思想を感じることができ、まずアーチャーが前に出て矢を射て、槍兵が突っ込んでくる――など人間と同じ考えが当てはまり、律しやすい。

ジェリーは緑色のぶよぶよで、何を考えているかなんてそもそもわからない。悪意も敵意も感じない。ただ厄介だ。

しかし、獰猛そうな牙をギラつかせながら、刃のついた巨大な翼をはためかせて飛んでくる蝙蝠には、コボルトのように思考の読みが通用しないうえ、ジェリーにはない〝野生の殺意〟があるのだ。

もう一度前方を確認する。

ロウアーコボルト二体、マイナーコボルト二体、深緑の蝙蝠三匹。

計七体のモンスター。

かなりの大所帯。弓兵がいる以上、戦うか逃げるかの選択は一度射撃をしてからだ。

その判断は声に出さずとも満場一致していて、灯里は詠唱を開始せず、高木と鈴原は箙から矢を取り出し、アッシマーは盾を、コボたろうは槍を構える。

俺も呪いではなく、アイテムボックスから武器を取り出した。

ここでついに、火を吹く。

鈴原から譲り受けた、俺のコモンボウがっ……！

「うるあっ！」

「ふっ……！」

「あれ、あれっ……」

矢を洋弓にセットしようとするが、上手くいかない。ガチャガチャと情けない音が戦場の緊張感をかき乱してゆく。

「あんたあんだけ教えたっしょお!?」

「ぐお、わ、悪い……！」

めちゃくちゃ焦って構える以前に矢を取り付けることすらできない。俺がもたもたしているあいだに高木と鈴原は第二矢を構えている。

そんな俺に飛んでくる、一本の矢。

や、やべ……！

「どすこーい！」

アッシマーが俺の前に出て、ピンク色の盾でロウアーコボルトの放った一矢を弾いた。

助かって訪れた安堵に尻もちをつくわけにもいかず、前方の敵を確認する。

「るあああっ！」

「…………ふっ……！」

「光の精霊よ、我が声に応えよっ……！」

高木の矢も鈴原の矢も二射とも命中しており、鈴原の『☆鳥落とし』による射撃が一匹の蝙蝠を緑の光に変えていて、もう一矢が高木の一矢と重なり一体のロウアーコボルトを討ち取っていた。残る高木の一矢はもう一体のロウアーコボルトの肩に突き立って、犬顔を痛みで歪めさせていた。

残る敵は一体の弓持ちコボルトより前に出て、こちらへ猛然と突っ込んでくる。

地上からはマイナーコボルト二体。

空中からは緑の蝙蝠二匹。

距離はもう、ない。

「がうっ！」

「はわわ……！　い、いきますっ」

「うらっ！」

「我が力に於いて顕現せよ、其れは敵を穿つ――」

逃げるタイミングすら失い、コボたろうとアッシマーはコボルト二体に吶喊する。ぶつかり合う衝撃に目を背けたくなるが、そんな暇はどこにもない。

「損害増幅……！」

四体同時に巻き込むように呪いを放つが、思ったよりも靄が小さく、宙の蝙蝠二匹にしか茶色の靄はまとわりつかなかった。

「嘘だろっ……⁉」

ぼやいても戦況が変わることなどなく、コボたろうとアッシマーの命のやり取りは続く。

「がう、がうっ！」

「はわわ、わ、くっ……！」

くそっ、コボたろうはともかく、コモンメイスなんて碌に振ったことのねえアッシマーじゃ、いまはなんとか盾で防いでるけど、いつかやられちまう……！

情けなく人の心配をする俺だが、しかしそんなことすら許されなくなる。

「「キィイイッ！」」

凶悪な翼と牙を持つ蝙蝠が、コボたろうとアッシマー、二体のコボルトがぶつかり合う戦場を飛び越えて、後衛であるこちらに襲い掛かってきた。

「うおわああああっ！」

ハンターも驚きの横っ飛びで四枚の翼をやり過ごすと、蝙蝠は空中で反転し、殺意で血走り真っ赤な眼を鈴原と灯里に向けた。

「待ちやがれ、ふざけんなっ！」

しかし——

「ふっ……！」

「落雷！」

俺の心配をよそに、矢尻を鋭く回転させながら飛んでゆく鈴原の矢と灯里の二筋の雷が、殺意をむき出しにする蝙蝠二匹を討ち取った。

「藤木、弓と箙貸して！　早く！」

俺の返事を待たず、高木は俺の手からコモンボウを奪い、アッシマーの方へ駆け出してゆく。

ひいひい言いながらコボルトの槍を受け止めるアッシマー。そんなアッシマーを援護するように闘うコボたろう。損害増幅の呪いがかかっていないこともあり、苦戦している。

そこへ高木が俺の手から持っていったコモンボウを構えながら駆け寄り、射ち放った。

現れる緑の光。

その隙間から。

討ちもらしたロウアーコボルトが弓を構えている姿が見えた。

その獰猛な姿に、誰も気づいていない。

コボたろうも。アッシマーも。

高木も、鈴原も、灯里も。

眼の前にいる残ったマイナーコボルトに一生懸命で、気づいていない。

この戦闘で、なんの役にもたてなかった自分を恥じたのか。

今朝練習した洋弓が、矢のセットすらできなかった自分を悔いたのか。

この一矢が、誰かの命を穿つかもしれない。

思わず、駆け出して横に跳んでいた。

両手をひろげ、すべての悪意を受け止めるように。

「身体のどこかに当たってくれ！」

一二〇分後、俺は宿屋で、自分の願いが届いたことを知った。

◆　◆　◆

「ど、ど、ど、どこに当たったたって？　女子になんつーこと訊いてんのこの根暗ウジ虫鬼畜変態！」


飛来する矢を身体のどこかで受け止めて死んだ。

復活後、ベッドの上で高木の返事を聞いた俺は、もう一〇回くらい死んだ心地がした。

身体のどこかに当たれとは思ったけど、そこにだけは当たってほしくなかった。

顔を上げると、アッシマー、灯里、鈴原、高木の四人全員から赤い顔を逸らされた。作業台に一本のホモモ草が凛々しくそびえ立っており、それがまるで俺への手向けに見えた。

「いやさ、あたしら全員気を抜いたのも悪かったけどさ……。あんな死にかたされたら、さすがにあたしらだってヘコむじゃん……」

女子は永久にわかることのない痛み。しかし痛むものであることは知っているらしく、高木は恥ずかしそうに顔を背けたまま悪態をつく。

「そ、そのう………藤間くん、お加減どうですか？」

「んあ……お加減？」

「そのですね、あのですね。こ、これの」

アッシマーは遠慮がちに、作業台に載せられた雄々しくそそり立つ唯一の草に指を伸ばす。俺がその意味に気づくと同時に、またも全員から顔を背けられた。このホモモ草、その説明するために置かれてるのかよ。

「いや……急に言われてもわかんねえけど。もう痛みもないから大丈夫だろ」

物理的には痛まないけど、ぶっちゃけ想像するだけで痛い。

考えたくもない。思い出したくもない。

「つーか俺、死んじまったのか……。…………悪いな、せっかくダンジョンまで行ったのに。つーか一応HP14あるんだし、コモンパンツも装備してるんだから一撃くらい耐えたかったな」

これじゃあなんのためのHPやDEFなのかわからない。矢が当たった俺の身体のどこかってのがよっぽどの急所だったのかもしれないけど。

しかし愚痴りながらも、心のどこかで即死できてよかったと安心する俺がいる。痛みにのたうちまわりながら死を待つ状態ほど辛いものはない。

「あ、あの、ところで藤間くんっ」

話を逸らすように灯里は声を上げ、アッシマー、高木、鈴原と頷きあう。

「これ、さっきの戦闘で手に入れたんだけど……」

よいしょ、と作業台の上に載せられた灯里の革袋。

もう、この時点でわかる。

茶色の革袋が蒼く灯って、取り出し口から光が放たれている。

「え、マジか」

眩しさに目が眩んだ。しかしやはりそれは俺だけで、その輝きをなんら意識せず、灯里は取り出した『☆コボルトの意思』を俺に差し出す。

「も、貰っていいのか？」

いつかと同じやりとり。

あのときと同じように頷いてくれるみんなの見守るなか、蒼い輝きを己の胸に取り込んだ。

「藤間くん、どうー？」

「……ああ。こんどこそ間違いない。俺のなかに、コボたろうだけじゃなくて、コボじろうも生きているってわかる」

わかる。

召喚士としてたったいま成長した俺に、コボたろうが微笑（ほほえ）みかけてくれている。

そして、コボじろうが、早く俺に逢（あ）いたいと言ってくれている。

俺はアイテムボックスからコモンステッキを取り出し――

「あれ？」

《アイテムボックス》ＬＶ１
容量７／10　重量８／10　距離１

ジェリーの粘液（ねんえき）
コボルトの槍×２
コボルトの弓
コモンアックス
コモンブーツ

——ない。

モンスターからドロップした素材と装備でとりわけかさばるものしかアイテムボックスには入っていない。

枕元の『☆マジックバッグ』にも、折りたたまれた予備の革袋一枚以外はなにも入っていない。

「……あれ？　俺の杖どこいった？」

たしかコモンボウを装備するとき、アイテムボックスに仕舞ったはずなんだけどな……。

「あんたの弓なら、あたしが預かってるけど」

「え、あ、悪ぃ。そうだよな」

俺のせいでまったくもって火を噴かなかった哀れなコモンボウを高木から受け取る。

そうしながら、杖は地面に置かなかったはずだが、万が一落としていたとしても、その後に残ったこいつらが気づかないってのもおかしいよなあと首を傾げる。

絶対どっかにあるはずなんだけどな……。

早くも更年期障害かと慌てる俺に、おっとりとした声がかけられた。

「んー、もしかして藤間くん、杖ロストしちゃったー？」

「「あー…………」」

この世界で死亡すると、一二〇分後に拠点で復活する。その際、所持金の半分と所持アイテムの一部をロストするんだが……。

俺を含め全員が深いため息をついた。それは満場一致で鈴原の言葉が正しいと認めていることを示唆していた。

「げ……。ってことは、杖を買わないといけないのか……。コモンステッキかウッドステッキ、ストレージに仕舞ってなかったかな……」

アイテムボックスの中身をストレージボックスに仕舞い、中を確認する。

ちなみに俺のストレージにはモンスター素材やいまのところ不要な装備が、アッシマーのストレージには調合や加工を行なう都合上、採取素材が入っている。

《ストレージボックス》　LV2
容量22／100

ジェリーの粘液（容量2）
コボルトの槍×8

コボルトの弓×4
ウッドブレイド（容量2）
コモンアックス
コモンスタッフ
コモンシャツ×2
コモンパンツ
コモンブーツ
【採取LV1】

まあ、ないよな。

あったのはステッキではなく、灯里の使っているようなスタッフ。妖精（ようせい）さんなんていなかった。

はあとため息。そんな俺に、灯里が声をかけてくる。

「藤間くん、ずっとコモン装備を使ってたよね？　どうせならウッドステッキに持ち替（か）えたらどうかな？」

「んー。そうだな。そうすっか……」

狩り中、金は開錠するアッシマーと鈴原がまとめて預かっているから、俺が死んでも金自体をロストすることはないが、武器ロストか……。

装備中の武具もロストするのか、それともあのときコモンボウを装備していてコモンステッキをアイテムボックス内に入れたのが悪かったのだろうか。

どちらにせよ、金を稼がなきゃいけないってときに俺はなにやってんだ。

でも。

でもあのとき、ほかの選択など、なかった。

「あのぅ……藤間くん」

「んあ？」

アッシマーが顔を伏せたまま大きな瞳だけを俺に向け、おずおずと口を開く。

「高木さんもおっしゃいましたけど……。わたしたちの不注意だったので、ごめんなさいでした。……でも、ありがとうございましたって言えなくて、すこし、つらいです」

「いやべつに……。俺が勝手にやったことだしな」

そうだ。

俺が勝手にやった。

むしろ、身体が勝手に動いた。

わかってる。この世界で死んでも、別れなんてやってこないって。

それでも、身体が勝手に動いたんだ。

まるで、もう誰も喪いたくないとでも言うように。

◆　◆　◆

宿の近くにある簡素な武器防具店。

いつも俺とアッシマーが客としてやってきても肩肘ついて対応する茶色の髭もじゃオッサン店主が、なんと立ち上がって俺たちを出迎えた。

「いらっしゃい」

はじめて声聞いたわ。急になんなんだよ。

俺が胡乱な目を向けると、店主の目は俺たちの装備をまじまじと見つめ、そして厳つい笑顔を向けた。

「いや失礼。坊主も嬢ちゃんも強くなったじゃねえか」

そうして俺とアッシマーは店主の対応の違い、その意味を知る。

そうだよな。だっていっつもボロギレとか良くてコモンシャツだったのに、いまはダンベンジリのオッサンから貰った『☆ワンポイント』やアッシマーの右手には『☆ブークリエ・ド・アモーレ』という桃色のユニーク盾、ついでに言えば灯里や鈴原だってユニーク武器を持ってるもんな。

ボロギレを纏い、ぱっと見で放浪者だったころの俺たちより、いまの俺たちのほうがよっぽど上客に見えることだろう。

調子いいよな、まったく。

しかしそんな心情を吐露することなどできず、コミュ障な俺は——

「あ、いや、全然っす。いまも死んで武器ロストしたんで買いに来たところっす」

「藤間くんは相変わらずですねぇ……」

「うっせえよ。反論の余地はなにひとつないけど、でもお前だってそんなに変わらんだろ」

人見知りを高木とか鈴原に言われることはあっても、アッシマーにだけは言われたくない。お前いつも初対面の相手と話すとき、めっちゃ汗かいてるじゃねえか。リディアとの初顔合わせなんてひどいもんだったくせに。

「坊主はなんの武器を使ってるんだ？」

「杖っす」

「魔法使いか」

「召喚士っす」

このぶつ切りのやりとり。なんとも陰キャである。主に俺が。むしろ俺だけが。

「ショウカンシ？　ショウカンシってなんだ？　モンスター召喚の召喚士ってことか？」

あー……そうだった。魔法のついでに覚えるのが召喚だから、厳密に言えば召喚士って職業はあまり聞かないってリディアもココナも言ってたんだった。

「……まあそうっす。召喚と呪いを使うっす」

「へー。坊主が召喚ね……。見えねえなあ。呪いはわかるが」

うるせえよほっとけ、と思わず口から出そうになった。なんだよ呪いはわかるって。そんなに誰かを呪いそうな目をしてるか？　くっそ、マジで呪ってやろうか。

ウッドステッキ　1シルバー20カッパー
ATK1.05（発動体◎）
（要：【杖LV1】【ステッキLV1】）

木製の簡素な両手杖ランク2。

先端を床に接触させることで地面に魔法陣を描く発動体。

ステッキは射出には向かない代わりに、効果範囲拡大や召喚魔法に大きな影響を及ぼす。


「これか……」

やけに絡んでくる店主から逃げるようにして探した先でようやく見つけたステッキ。ロストしたコモンステッキより一段階上のものだ。

この世界では、一概に杖といっても四種類も存在する。

攻撃魔法射出に向くロッドとスタッフ。

ロッドは片手持ち、灯里も使っているスタッフは両手持ちだ。

範囲魔法と召喚に向くワンドとステッキ。

ワンドが片手持ち、ステッキが両手持ち。

両手持ちは盾が持てないぶん、魔力の増幅値が片手持ちよりも高い。……まあ、そうじゃなきゃ誰も彼もが片手を使うわな。

「ステッキかワンドか……どうすっかな」

「召喚メインなら坊主が死んじまったら話にならんだろ。盾を持てるワンドにしたらどうだ？」

「ステッキよりも範囲とか召喚モンスターの強さとか低くなるんすよね。コボたろうが弱くなっちまうんじゃ本末転倒（ほんまつてんとう）だしなぁ……」

それにさっき、サシャ雑木林でコモンボウを装備した状態で損害増幅（アンプリファイ・ダメージ）を使って失敗した俺は、ステッキのありがたみを実感した。

効果範囲……靄の大きさがまるで違ったのだ。ワンドが通常装備とステッキのあいだなら、呪いの効果範囲をむしろ拡げたい俺は、やはりステッキを選ばざるを得ない。

「私、ワンドのほうがいいと思うな……」

「ウチもそう思うよー」

俺の考えに反し、そう言うのは灯里と鈴原。アッシマーと高木も頷いて同調する。

「コボたろうを出して呪いをかけて、あとは下がっていただけるなら盾なしでもいいと思いますけど……」

「しー子の言う通りだって。あんた全然おとなしくしないじゃん。さっきみたいにあたしら庇って死ぬくらいなら、盾持ってもらったほうがいーって」

んあー……たしかに一理ある。

むしろいま死んだばかりだから、なにも言い返せねえ……。

しかしなぁ……。ステッキからワンドに持ち替えることでコボたろうに負担をかけちまうのもな……。

前衛が弱まって突破されちまったら間違いなく全滅する構成のパーティだしな。

多数決では完全に片手持ちのワンドに決定しているし、ロウアーコボルトの矢から後衛を守る盾はめちゃくちゃ有用だってこともわかる。

——しかし、俺は召喚士だ。

幾千の召喚モンスターが地平を埋め尽くす——それが俺の最終目標だ。

阿鼻叫喚も砲煙弾雨をも見下ろす光景。

そこに、盾なんていらない。

——なに言ってるんだよ。

——身の程を知れよ。

——守るって、決めたじゃないか。

——いまはなんとか守ることができたけど、敵のアーチャーが二体残っていたらどうするつもりだったんだよ。

——俺が身を挺して死んだあと、誰かの身体に矢が突き立ったら……。

そうしてウッドステッキを諦め、一番初心者用のワンド――コモンワンドを手に取ったとき、店主が声をかけてきた。

「悩んでるな坊主。……そんじゃあこうしたらどうだ？」

「ぐああ……金があってもあっても足りねえ…………」

結局俺は店主の提案を呑んだ。

俺の手には新品のウッドステッキ。コモンステッキよりワンランク上のものを買った。

そして自室、作業台の上には、これまた新しく購入したコモンワンド、そしてコモンシールドが載っている。

「まーいいんじゃね？　そんな高いものじゃないし」

ウッドステッキが1シルバー20カッパー。

コモンワンドが30カッパー。

コモンシールドが30カッパー。

合計1シルバー80カッパーの買い物である。

諸兄はもしかすれば、一日10シルバーを使ったことのある俺からすれば大したことはないじゃないかと思うかもしれない。

しかし現実での生活費をアルカディアでの稼ぎから捻出しなければならないことを考えると、スキルが整ってコモンステッキからランクアップしたウッドステッキへの交換や、間違いなく身になるスキルブックの購入はともかく、不必要な買い物は避けたかった。

だって、コモンワンドとコモンシールドの合計額が60カッパーってことは、両替すれば六〇〇円だぞ？

いまさらながら、スタバで高木が言っていた、アルカディアで使う金は課金みたいだ、というセリフが脳をよぎる。

もう来週末である月末付近には、家賃の支払いも待っている。それまでに現実での金も貯めなければいけないのだ。……そう思うと、1カッパーが一〇円、1シルバーが一〇〇〇円に見えてしまう。

……しかし、

『召喚するときだけウッドステッキを持って、普段使いにはワンドと盾を持てば安全じゃねえか！　しかも坊主はアイテムボックス持ちだから装備もすぐに切り替えられるから都合いいぜ。……な？』

くっそ急に商売上手になりやがってあのオッサン。つーかこの世界、服の上から鎧が着られたり、用途に応じて武器を使い分けたり、自由自在すぎるだろ。

それはべつに構わないんだが、金の使いみちがありすぎて、現実の金に両替する余裕がなさすぎる。

「あんたさー。仕送りを打ち切られた俺にはいろいろと辛すぎて泣きたい。さっきから60カッパーでうんうん唸ってるけど、だったらコボたろうのそれはなんなわけ？」

「が……がう？」

急に振られてぴくりと肩を震わせるコボたろう。可愛い犬顔の胴には——

レザーアーマー　3シルバー

DEF0.50　HP5

革でつくった簡素な鎧、ランク2。

DEF0.30、HP3上昇する1シルバーのコモンアーマーから買い替えたレザーアーマーが装備されている。

「……んだよ。コボたろうはいつも前線で頑張ってるからご褒美みたいなもんだ。それにコボたろうに万が一のことがあったらどうするんだ。な、コボたろう」

「がうがう♪」

「あんたマジで病気なんじゃないの⁉」

コボたろうを撫でる俺を見て高木が悲鳴をあげた。

「言っておくが、お古のコモンアーマーも無駄にならないぞ」

そんな高木に声をかけるも、顔が「そういうことじゃないんだけど……」と言っている。

おっ、俺でも表情から読み取れたぞ。

どうでもいい達成感を感じながら、買ったばかりのウッドステッキを床につけ、魔法陣を出現させる。

「コボたろう、お前の弟分だ。仲良くしてやってくれよ」

「がうっ！」

俺の言葉を食い気味に、言われるまでもないと笑顔で応えるコボたろう。

――よし。

「来てくれ、コボじろう」

コボたろうの召喚と同じように魔法陣から白い光が現れ、部屋内を眩しく照らしてゆく。

そうして白い光が消えたとき、目の前には一体のコボルトが跪いていた。

立ち上がらせると、約一七〇センチメートルの俺より少し背の低いコボたろうよりもさらに五センチメートルほど低い。

コボたろうよりもさらにつぶらで愛嬌のある瞳。耳はやはり垂れていて、コボたろうよりも大きい。

「コボじろう。藤間透だ。よろしくな」

「がうっ！」

コボじろうは小兵ながら大きな声で俺に応えてみせた。

これで二体目の召喚モンスター。

俺は、誰よりも強くなってみせる。

今度こそ、大切なものを守るために。

3　藤間透が後悔して何が悪い

コボたろう　LV4
HP19　SP13　MP2

【槍LV2】【戦闘LV1】【攻撃LV1】

コボルトの槍　レザーアーマー　コモンシャツ
コモンパンツ　コモンブーツ　採取用手袋

コボじろう　LV1
HP15　SP10　MP2

【槍LV1】
コボルトの槍　コモンアーマー　コモンシャツ
コモンパンツ　コモンブーツ　採取用手袋

コボじろうにスキルと手袋を買い揃(そろ)え、再び街の外へ。


「がうっ、がうがうっ」

「が、がう……？」

「がうがう」

「っ……！　がうっ！」

「がうがう♪」

「がうがう♪」

コボたろうがコボじろうにあれこれ教えているみたいだが、

「やば、なに言ってるか全然わかんない」

高木、大丈夫だ。さすがに俺にもわからん。

「ふふっ、なんだかやっぱりコボたろうのほうがお兄ちゃんっぽいね」

肩を並べて俺たちの前を歩くコボたろうとコボじろう。

コボたろうがだいたい一六七センチメートル、コボじろうが一六〇センチメートルってところか。灯里の言うとおり、仲のいい兄弟のように見える。

「ふたりとも仲良しさんでよかったですねぇ」

「そうだよー。それがいちばん大事だよー」

新品のコモンアーマーに身を包んだアッシマーが感慨深げに呟く。コボじろうにも新品の鎧を与えてやりたかったが、さすがにそんなわけにもいかず、鎧をアップグレードしたコボたろうのお古を着てもらった。ちなみにシャツやパンツ、ブーツはストレージに入っていたモンスターからのドロップ品だ。

「「がうっ！」」

コボたろうとコボじろうが同時に吠えた。前方からマイナーコボルト二体の出現だ。

「藤木、呪いは？」

「かけねえ。ついでに俺は藤木じゃねえ」

「そ。……うりゃ！」

「…………ふっ……！」

高木と鈴原の射撃。あと、俺は藤間である。

「あっ……ごめんー！」

どうやら鈴原は外してしまったようだが、高木の一矢はコボルトの胸に突き刺さり、一体は胸を押さえて呻く。

「がうっ！」

「が、がうっ！」

そこへコボたろうとコボじろうが突っ込んだ。ついでのようにその後ろをアッシマーが続く。

初戦のコボじろうはやや緊張気味だったが、コボたろうが無傷のコボルトとぶつかり合うと、自身は手負いのコボルトへ突っ込んでいった。

四本の槍が火花を散らす。

目を背けたくなるような光景。

でも俺は、なにもできないからこそ、目を逸らさない。

コボたろうは自らの槍を相手の槍にわざと絡めるようにしてぐんぐん前進する。そのまま押してゆき後退させ、相手の背が草原の一本木に接触した瞬間、勢いよく相手の喉を貫いて木箱に変えた。

コボたろうは勝利の余韻に浸ることも、闘いの熱に浮かれることもなく、すぐさま転身してコボじろうへと駆けてゆく。

コボじろうはといえば、自分にも相手にも傷がつかぬまま一〇合ほど槍をぶつけ合っていた。

それはへっぴり腰で闘っているからという意味ではなく、実力が拮抗しているからだ。

「がうっ！」

「ギャウッ！」

「コボじろう！」

相手の槍はコボじろうの胸を突き、コボじろうの槍も相手の胸を突いていた。

立ちのぼった緑の光はひとつだけ。コボじろうは膝をつくことなく、肩で息をしながら木箱に変わる相手を見つめていた。

いまの闘い、どう見ても相討ちだった。

しかし勝者はコボじろう。大してHPも減っておらず、勝因はスキルと防具。手負いだったことも考えると、それでも互角だった相手はコボじろうよりも強かったということになる。コボじろうはきっとそれをわかっていて、初戦の勝利を手放しで喜べないのだろう。

「がうっ！」

「…………がう……」

「がうがうっ！」

「がうっ」

「がうがう♪」

「…………がうっ」

そんなコボじろうを慰めるコボたろう。コボたろうがコボじろうの頭に手を乗せると、コボじろうからやっと笑みがうまれた。

「どすこーいっ！」

「ひょえぇぇぇぇぇぇぇぇぇえっ！」

ダンッと音がして、ロウアーコボルトの放った矢はアッシマーと俺の盾に吸い込まれた。

ダンジョン外だというのに、マイナージェリー二体とロウアーコボルト二体、マイナーコボルト二体という団体さま。

ロウアーコボルトは放った矢と交錯し飛来する矢によって二体ともが戦闘不能になり、地面をのたうちまわる。

「火矢！」

灯里の魔法は茶色に靄がかったジェリーのコアを貫き緑の光に変えた。灯里はすぐさまもう一体のジェリーを討ち取るべく、サンダーボルトの詠唱を開始する。

「「がうっ！」」

「「ギャウッ！」」

コボたろうとコボじろうはマイナーコボルト二体と攻防を繰り広げていて、その隣を残ったマイナージェリーが通り過ぎ、天敵だと判断した灯里のもとへぴょんぴょんと飛び跳ねてくる。

「させませんっ……！　どすこーいっ！」

その進路を妨害しようとアッシマーが盾を構えて前進し、タックルを防ぐ。しかし――

「はうううーーっ！」

信じられないくらいの力量差。アッシマーは盾を構えたままの体勢で吹き飛ばされる。

背中から地面に激突し数回バウンドして転がってゆく。

「アッシマー！　くそっ……！」

「ふっ……！」

「このやろっ！」

灯里が詠唱を終わらせる時間を稼ぐべく、鈴原と高木が矢を放つが耐性が高く、呪いもかかっているというのに、なんの妨害にもなっていない。

「くそっ……！」

このままじゃ灯里の詠唱が間に合わねえ……！

ジェリーの目の前に立ちふさがり、左手のワンドさえもアイテムボックスに仕舞い、右手に持つ盾を前に構え、左手で盾を支え持った。

「きやがれっ……！」

さすがにアッシマーよりも俺のほうが体格もいいし、きっと体重もある。

そう簡単に吹き飛ばされたりしねえぞ……！

ジェリーの跳躍に合わせ、盾を構えて衝撃を待つ。

しかしジェリーは俺に接触する直前で速度を落として着地し、そして、回転を加えながら勢い良く突っ込んできた。

ジェリーはフェイントのように地上でもう一度バウンドし、俺が構えた盾の下をくぐり抜けるようにして俺の腹に――

ヤバい。そう思ったときにはもう遅かった。

「ぼっ」

俺の口からもれる変な声。悲鳴をあげる暇さえなかった。

俺は下からのタックルを下腹部に受け、腹から持ち上げられるように宙へと舞い上がった。

あ、やばい。

また死んじまう。

何メートル浮いたのだろう。

そんなどうでもいい思考に至ったとき、俺は顔から草の上へと勢いよく落下していた。

「あ……が…………ぅ……おげぇぇ…………」

い…………。

いっ……てぇ…………。

息、が、できねぇ…………。

酸素を吸い込みたいのに、腹からこみ上げるなにかのせいで息ができない。地面に顔から叩きつけられ、顔を横に向けると、俺はいつの間にか嘔吐していた。

あ…………これ、やば、く、ね？

身体が動かねぇ。でも自分の身体が痙攣していることは自覚できて、それを止める力さえない。

「っ……！　許さないっ！　落雷っ！」

痛みと涙と鼻血、そして酸い臭いが俺に満ちるなか、大地を揺らす二つの音が戦闘終了を告げた。

灯里や鈴原が、ふらつきながらアッシマーが俺に駆け寄ってくるのが見えて、なんとも情けない気持ちになる。

弓を防ぐため盾を構えたときに感じた恐怖、そしてアッシマーよりも大きなダメージを被った自分が情けない。

――守られて、ばっかりだ。

「く…………そ…………」

強く、なりたい。

強く。

雄大に天空を舞う想いだけが空回って、しかし俺は無様に地を這う。

灯里が俺に治癒をかけてくれる。嘔吐感と鼻血、そして痛みはみるみるうちになくなったというのに、涙だけは消えてくれなくて、俺は横になったまま顔を伏せるしかない。

……いや、こんなんじゃだめだ。

皆に見られないよう、腕で目元を拭いながら立ち上がる。

「あんた、大丈夫なん？」

「これくらい、なんともねえ」

「でも藤間くん、足ふらふらだよー……？」

皆が心配そうに俺を覗き込んでくる。俺に肩を貸そうとしてくれたのか、鈴原が駆け寄ってくれたが、大丈夫だと断って自分自身の足を手のひらで叩いた。

地面にうずくまっていても強くはなれない。

かといって天を見上げても、壮大な空と矮小な自分を比べていやになる。

――なら、せめて、前を見なくちゃ。

なりたい自分はまだまだ遠くても、遥かな地平の先に、その姿があると信じて。

……負けねえ。

本日の狩りが終わり、夕食後。

目標の35シルバーを大きく超える45シルバーを集めた俺たちは、なぜかやはり俺とアッシマーの部屋に集まってレベルアップ作業をしていた。

……んだが――

「マジかよ……。なんでそれ、先に言わねえの」

「いやだってさ。あんたが集めてるの知ってたし、言いづらいじゃん」

高木は気まずそうに俺から目をそらす。

「灯里も鈴原もなのか？」

「うん。でも、べつに騙そうとかそんなつもりじゃなかったの」

「それに、わかった時点で藤間くんがすでに一個使っちゃってたからー……」

そんなことわかってる。

こいつらが俺を騙そうとしてるとか、そんなことはもう微塵も思っちゃいない。

これは俺へ対する気遣いと遠慮なのだから、むしろ俺は感謝すべきなのだ。

それなのに。いや、だからこそ、自分がみなの足を引っ張ったことが自覚でき、まるで柔らかい針で刺すように、この胸を痛ませるのだ。

《レベルアップ》

高木亜沙美
LV5（MAX）　転生可能

転生
要：☆コボルトの意思

なんだよ『要：コボルトの意思』って……。

「藤間くん、ごめんなさいっ、じつはわたしも知ってましたっ」

「しー子……！　あ、いや、藤間。しー子はあたしらがさっき教えただけだから。コボルトの意思を買うぶんのお金は残しておいたほうがいいよって」

「……いや、べつに謝るようなことじゃねえだろ。むしろすまん、気をつかわせちまった」

つまり、俺が独占して使用していた『☆コボルトの意思』は、全員に必要なものだったのだ。

高木たちは俺に気をつかって、そんなことを口にせず、手に入れた意思をすべて俺に渡してくれていたのだ。

サシャ雑木林でホモモ草に致命傷を受けて死んだ後、コボルトの意思を取り出す際にしていた目配せは、自分たちで意思を使わず、俺のために使おうとする最終合意だったのだと知る。

コボじろうを召喚したことを俺は後悔していない。ただ、モンスターの意思がみんなに必要だと知りもせず、遠慮なく独占していたことが心苦しい。

「召喚士はたいへん。とてもお金がかかるから」

リディアがアッシマーのベッドの上でぬぼっとした顔のまま、いつかと同じ言葉を口にした。

　さて、ここで転生とはなんぞや？　と思う諸兄のために説明の必要があるだろう。

　……といっても、リディアからいましがた教わったばかりの知識だが。

　ヒントなんてずっとステータス画面にあった。

『ＬＶ４／５　☆転生数０』と。

　つまり、ＬＶの上限は５なのだ。

　だからこのままでは、ＬＶ５より強くなることはない。経験値が頭打ちになり、レベルアップができなくなってしまうのだ。

　転生とは、ＬＶ５からＬＶ１まで戻ってやり直す代わりにＬＶの上限を上昇させるシステムのことだ。

　転生という法則について、その必要性や仕組みを説明するには、そもそもアルカディアとはなんぞや？　とか、身体の仕組みについて長々と説明することになるためいまは割愛するが、ともかく、強くなるためには転生の必要があるというわけだ。

　ちなみに役に立たない攻略サイトにはそんなことひとつも書いていなかった。なんのために存在してるんだよ。

　攻略サイトよりもはるかに信頼できる我らがリディア曰く、転生するとすべての能力が

20％上昇し、ユニークスキルのＬＶが１上昇する。そしてＬＶの上限が５ずつ開放されるらしい。

一回目の転生ではＬＶ上限が10に。二回目の転生ではＬＶ上限が15に。

リディアは、最初の転生においてはそれほど能力の低下を感じないと続ける。

一回のレベルアップで全能力が10％上昇するんだが、転生で能力が20％上昇するのならば、たとえＬＶ１に戻ってもＬＶ３相当の能力になり、ユニークスキルのＬＶが１上昇するぶん、転生して一時的にＬＶが下がっても、むしろ強くなったと感じる人間もいるようだ。

リディアにちらりと、モンスターの意思が転生に必要なら教えてくれたっていいのに、とぼやくと、

「召喚士(しょうかんし)の透を目のまえにしてそれをいえるわけがない」

そう返され、ほかの女子陣(じん)も大きく頷(うなず)いた。

レベルアップする際に余った経験値は蓄積(ちくせき)されるが、転生すると経験値が０になってしまうため、すでに経験値が打ち止めになった灯里、高木、鈴原――三人分の意思を早急(さっきゅう)に手に入れなければならない。

「つーわけで、あたしらちょっくら市場でコボルトの意思を見てくるから」

「いや待て、待ってくれよ」

立ち上がった三人を呼び止める。

呼び止めたところで、俺になにができるわけでもない。

上げた腕はしおしおと力なく垂れ下がり、無力感とやるせない無念だけが残った。

「藤間くん、本当に気にしないでね？」

灯里はそう言ってくれるが、気にするなってほうが無理だった。俺にはその優しさを受け止めることすらできず、目を逸らすことしかできない。

「……あのさー」

視線の先に高木が回り込み、長い金髪が目に入った。

「これでもあたし、………その、感謝してんだよね。あんたに。もちろんしー子にもだけどさ」

「……感謝？」

虚ろな目を勝ち気な瞳に向けると、今度は高木が目を逸らした。

「まーね。香菜の弓、売ろうとせずに香菜にくれたじゃん。伶奈のレア杖もそうなんでしょ？　だから、まー……感謝してるわけ。やっぱ友達を大事にしてもらえるの、嬉しいじゃん」

逸らしたままちらちらとこちらに視線を送り、頬に朱がさす。

「すまん、なに言ってるのか全然わからん」

「だから！　その、しー子の盾もそうだし、レアなんて売ってお金にしたほうが得って人間もいるのに、あんたはそうじゃないでしょ。だからいいんだって」

……………。

「すまん、考えたけどよくわからん。それって普通のことなんじゃないのか？」

むしろ俺が売ろうとか使おうとか言っても、それ以前に俺には決定権がない気がするんですがそれは。

「ん……それが普通って思ってんなら、それでいい。あたしら、あんたのせいで損したとか、ほ――――んのちょっとも思ってないから。それにあんたに強くなってもらわないと、また勝手に飛び出して勝手に死ぬじゃん」

高木はそれだけ言うと金髪を翻し、ぐぬぬと唇を噛む俺を残して部屋を出ていった。

灯里と鈴原は「本当に気にしないでね？」と俺に声をかけ、高木の後へ続いてゆく。

「わたしもいまのうちに買うですっ！」

アッシマーまでが部屋を出ていき、リディアとふたりで残される。

「もっていたならあげたけど、ざんねん。もっていなかった」

「ん……」

最初、俺にコボルトの意思をくれようとしていたほどだ。リディアが持っていたのなら、本当に譲渡していただろう。

「わり、リディア。俺も出るわ」

「わかった」

三白眼のアイスブルーに別れを告げ、駆け足で四人のあとを追いかけた。

つまらない意地。でも、こう思えるうちは、きっと俺はまだ自分を失っていない。

……女子だけで、夜出歩くんじゃねえっての。

◆　◆　◆

宿近くの夜道で追いつき、ともに市場へ向かう俺たち。

しかしどうも高木たちの進む道が俺の思っているそれと違う。

『いらっしゃいいらっしゃい！』

『愛の盾！　愛の盾があるよ！　20シルバーから！』

『カッパーソードのユニークあります！　どなたかカッパーロッドのユニークと交換して

もらえませんか！』

活気あふれる夜の街——そう聞くと、歓楽街(かんらくがい)を想像する諸兄も多いのではないだろうか。

「げえぇ……。なんでわざわざこんなに人の多いところに来るんだよ……」

しかしこのエシュメルデ中央市場における賑(にぎ)わいは、それとはまったく別物の、言うなれば築地の朝市を思わせるそれだった。

「はぁ？　市場ってここしかないっしょ!?」

「ほら、もっとあるだろ！　無人のとことか！」

「だってあそこ高いじゃん！」

あまりの喧騒(けんそう)ゆえ、おのずと俺たちの声も大きくなる。そうしないと騒音(そうおん)にかき消されてしまうのだ。

『コボルトの意思あるよ！　うちが一番安いよ！』

見つけた！

市場の一隅(いちぐう)を占(し)める露店(ろてん)の前にどうにか飛び込んで、全員がいることを指をさして確認(かくにん)する。

「ぷっ。真面目か」

「うっせえよ」

そんな姿を高木に笑われながら露店に向き直ると……

「げっ」

「ぁ……」

「…………」

高木、鈴原、灯里が一斉に顔を背けた。

露店の前には――

「お前ら……」

「伶奈、亜沙美……お前ら、そんなやつと一緒にいんのかよ」

イケメンBC……望月慎也と海野直人が今まさに露天商からコボルトの意思を購入しているところだった。

そこに、甘ったるい声が向こうからやってきた。

「ちょっとー。人多すぎませんかぁー？」

どくん。

心臓が、鳴った。

どくん。

それは、高鳴りでもときめきでもなく――

「あはっ☆　望月くん、海野くん、どうしたんですかぁー？　…………ん？　んんー？」

どくん。

この、声。

「あれ？　あれれー？　もしかして、藤間くんじゃないですかぁー？」

もう二度と聞くことなんてないと思っていた、男に媚びる甘い声。そしてもう二度と見ることなんてないと思っていた、亜麻色のセミロング。

「は？　セリカ、知り合いなん？」

「はぁ？　藤間と？　接点なさそー」

どくん。どくん。

胸を叩く、この音は——

『藤間透くん、好きです！　初めてあったときから好きでした！　私とつきあってくださいっ！』

強烈に胸を打ち、痛烈に脳まで響く、この旋律は——

「んー、知り合いってゆーかー」

ただただドス黒い、絶望の脈動。

「あ？　藤間だって？」

女の声で振り向いたその男は。

金の短髪(たんぱつ)を逆立てた、一九〇センチメートルはあろうかという長身の男は――

『可哀想(かわいそう)になぁ。お前も藤間なんかと関わらなきゃ、こんな酷(ひど)い目にあわなかったんだけどなぁ。恨(うら)むなら藤間を恨めよ？　ぜ――んぶ藤間が悪いんだから。なぁ、そうだろみんな』

なん、だよ、これ。

なんでこいつらがいま、出てくるんだよ。

なんでイケメンBCと一緒にいるんだよ。

「えっ……藤間くん？　藤間くんってまさか、藤間透くん？」

えっ？　…………えっ？

あ、あっ、あっ…………

さらに男の後ろから現れた、長い黒のポニーテールは――

『いつも優しい藤間くんが好きっ！』

『なぁ嘘(うそ)だろ？　藤間が好きなんて嘘だろ？　罰(ばつ)ゲームだろ？』

『うっく……ひっく……ごめん、なさい…………罰ゲーム、でした……』

『罰ゲーム！　罰ゲーム！　罰ゲーム！』

うそ、だ、ろ？

「はぁ？　三人とも藤間の知り合いなん？」

「嘘でしょ？　そんなことってありえるん？」

絶望が、脈打つ。

心臓だけでなく、俺の肩を、歯を揺さぶり、カチカチと音を鳴らす。

なん、で、だよ。

亜麻色のセミロング。

逆立てた金髪の長身。

長い黒のポニーテール。

なんで、この三人が一緒にいて、イケメンBCもいて、五人で一緒にいるんだよ。

金髪はまるでおもちゃを見つけたとでも言うように口角を上げたあと、納得(なっとく)できないという顔をして口を開いた。

「はぁ？　藤間の周りオンナだらけだな。なぁお前ら、悪いことは言わねぇ。こいつだけはやめとけ。やべぇぞこいつ」

なんで、こんなことになるんだよ。

陰(いん)キャで何が悪いと開き直って。

最低で何が悪いと開き直って。

大事なひとことが言えなくて、でもそのおかげで自分以外の孤独を知って。

召喚モンスターに触れて、自分に向けられる愛情を知って。

自分が悪になっても守りたい存在ができて……。

そうして、ようやく自分という存在を見つけられたと思ったのに。

『罰ゲーム！　罰ゲーム！　罰ゲーム！』

『本気だと思いましたぁー？　ふふっ、藤間くんみたいなクソザコを芹花が好きになるわけないじゃないですかー☆　身の程を知ってくださいね♪』

『うおっ、なんだこいつ狂いやがった！　やべえ、先生呼んでこい！　ちょま、おい、やばいって、シャレになんねえって、ぎゃああぁぁあああ！』

消えてゆく。

『はわわわわ……。……えへっ☆　失敗しちゃいましたぁ……』

消えてゆく。

『ひ、膝枕、して、あげたい、な』

やめろ。

「いいか、こいつはな――」

やめてくれ。

「中坊のころ、暴れまくって俺たち一四人に暴力を振るったとんでもないヤローだぜ」

なんで、そのすべてを後悔するようなヤツらが、いま、ここで、出てくるんだよ。

「最っ低………」

あれだけ優しかった灯里から、聞いたこともないような冷たい声が漏れた。

それはまるで刃のようで、これまでの日々に両手を伸ばしてしがみつく俺をひと振りで両断し、あたたかい日常をたちどころに想い出へと変えた。

――アルカディアは、夢を見ない。

だから、あの悪夢を見なくなった。

忘れてはいけない愛(いと)しさと、忘れなければ自分を保てない絶望が綯(な)い交(ま)ぜになった、あの悪夢を。

人混みのなか、喧騒が消えてゆく。

それと入れ違いで、蘇(よみがえ)る記憶(きおく)。

三人の顔を見たことで、あの暗黒が、あの絶望が、あの虚無(きょむ)感が、そしてあの喪失(そうしつ)感が大挙して押し寄せる。

――いま思えば、あの日からはじまった。


「いつも優しい藤間(ふじま)くんが好きっ！」

黒のポニーテールにほおずきみたいな赤い顔。

小学校からの帰り道、七々扇綾音から告白された。

いまはこんな感じの俺でも、小学六年生ともなればピュアっピュアだ。家が近所の、いわゆる幼なじみである七々扇とはそういう会話なんてなくても、もしかしたらいつか結婚するんじゃないかって思っていたし、この告白は俺をときめかせるにも舞いあがらせるにもじゅうぶんだった。

俺も嫌いなんかじゃなかった。

むしろたぶん好きだった……かもしれない。

でも、俺も好きだ、なんて幼心にも恥ずかしくて言えるはずがなく、

「うん、ありがとう、綾音ちゃん」

それだけ言って、明確な返事をしなかった。それでも七々扇は嬉しそうに笑ってくれたんだ。

俺と七々扇は同じクラスの美化委員だった。美化なんて名前がついているが、小学生にそんな大層なことをさせるはずもなく、俺たちの仕事はもっぱらクラスに申し訳程度でおいてある鉢植えの管理と、校庭にある花壇への水やりが主な仕事だった。

ある日、花壇の一角が踏み荒らされていた。植えてあった朝顔は全滅。七々扇は泣いて悲しんだ。

「犯人は藤間くんでーす。俺見ましたー」

同じクラスの獅子王がホームルームでとんでもないことを言いだした。

もちろん身に覚えなどない。即座に否定して、水掛け論のままホームルームは終わり、それなのに俺がやったんじゃないかと疑いの目を向けられる日々が始まった。

「藤間くんがそんなことするわけないよ。私、知ってるから」

「当たり前だよ。なんで獅子王はあんなこと言うんだろう」

獅子王は外国人とのハーフで、イケメンで背が高く、喋るのも上手で、友達らしい友達が七々扇くらいしかいない俺と違ってクラスの人気者。

父親が警察のお偉いさんらしいが、正義ではなく、父の権力のみを笠に着た、絵に描いたようないやなやつだった。

クラス内の味方が七々扇だけになったころ。

「七々扇が藤間に告ったってー?」

「ありえねー！　花壇ボロボロにしたくせに！」

「罰ゲームだろ罰ゲーム！」

そんなからかいが始まった。

「やめてよ、そういうの」

子供というのは怖さを知らないぶん、勇気がある。俺は七々扇を庇うように前に出た。
そんな日々が延々と続いた。
そして、やがて——
靴を隠された。
筆箱を隠された。
教科書を隠された。
無くなったものはだいたい、臭い便器の中から見つかった。
殴られた。
蹴られた。
嘘つきと罵られ、唾を飛ばされた。
「お前がやったんだろ、嘘つき!」
「やって……ない……」
「嘘つき!」
どうしてこんなことになるのか、全然わからなかった。
獅子王が俺を疑ってから、全部がおかしくなった。
あのホームルームから、すべてが狂った。

そう、思っていたのに。

「みなさーん、七々扇さんからお知らせがありまーす!」

「うっく……ひっく………ごめん、なさい…………罰ゲーム、でした……。藤間くんへの告白は、全部、罰ゲーム、でした……」

狂ったのは、もっと前からだったんだ。

それ以来、家が近くだというのに、俺と七々扇が声を交わすことはなかった。

中学へ上がるとき、獅子王と七々扇が同じ学校だということに嫌気が差したが、それよりもひとつ下の妹——澪がイジメの巻き添えを食う前に中学生に上がれたという安堵感のほうが大きかった。

澪は七々扇に懐いていたし、ふたりは姉妹のように仲が良かった。しかしあの日から七々扇は、俺は当然だが、澪とも関わらなくなった。

中学では無に徹した。中学一年、中学二年と無に徹した。

七々扇や獅子王とは別のクラスだったこともあり、イジメられることはなかったが、休憩時間はいつも寝たフリだったため、陰キャ、根暗、キモいなどの陰口を言われるようになった。

中学三年生で、獅子王と同じクラスになった。

俺のなにが気に入らないのか、あいつは俺が静かにしていても、事あるごとに煽りたおしてくる。

学校は針のむしろだった。学校と習い事のサイクルで、小学校ではいちばん嫌だった、無理やりやらされていた習い事が俺の救いだった。

「藤間くん、手がおっきいですねー☆　ほらほら、芹花よりこんなにもおっきいですっ！」

「あっ、ちょ」

小学校から同じピアノ教室に通う朝比奈芹花。

すこし離れた場所にあるため、おなじ中学校に通う者はおらず、朝比奈は俺が受けているイジメなど知るはずもない。

馴れ馴れしかった。

でも、それがありがたかった。

あざとい喋りかたも、べつに嫌いだと思わなかった。

俺の通う中学校には、ウサギの飼育小屋があり、いつの間にか飼育委員になっていた俺は、朝と昼、下校時の餌やりが日課となっていた。

「よーしよしよし………」

俺の与えるペレットや牧草を一生懸命食べる姿が可愛くて可愛くて、

「ぷぅぷぅ」

「本当に可愛いな……」

こんな俺に懐いてくれることが、心から嬉しかった。


あるとき、朝比奈が急によそよそしくなった。ピアノ教室で目が合うと顔を赤らめて逸らす。連弾で肩がくっつくと盛大にミスる。

「どうしたんだよ」

「芹花、変かもです……。ずっと胸がドキドキしちゃって……えへへ……」

亜麻色のふわっとしたセミロングを揺らす……そんな朝比奈に、俺はなんのときめきもなかった。

『ごめん、なさい…………罰ゲーム、でした』

幼なじみである七々扇との思い出は消えてくれないのに、俺の浮ついた心を生まれる前に消してゆく。

俺の未来から、希望や期待を『罰ゲーム』に塗りつぶしてゆく。

だから、なんのときめきもない。

「あーん！　足くじきましたぁー！　藤間くん、おぶってくださいー！」

ないけれど、女子として意識していないわけではない俺にそんなことができるはずもなく、学校ではひとりの味方もいない俺の依り所となっている朝比奈に、仕方ないから肩だけ貸してやる。

やたら身体を密着させてくる朝比奈を見ないようにして、夕焼けに伸びる長い影を意味もなく見つめたまま帰途についた。

「よーしよしよし、うさたろうは可愛いなぁ………」

「ふ、藤間くん、ちょっといい？　です、か？」

ウサギの飼育小屋でうさたろうを愛でながら気弱な声に振り返ると、名前も知らない眼鏡女子が声に負けないくらい弱々しい目を俺に向けていた。

「……なに」

「う……私も飼育委員だから……私もお世話したいな、って……その……」

そういやこの眼鏡をかけた女子、同じクラスかもしれない。

影が薄いからとかではなく、人との関わりを断ってきた俺からすれば、クラスメイトの名前なんて覚えようともしていなかった。

「うわぁ…………かわいいね…………」

うさたろうをなでりなでりする、名前も知らぬ女子の眼鏡越しに見える瞳は煌めいている。

「うさたろうっていうんだね。藤間くんがつけたの？」

「……まあ。俺しか呼んでねえけど」

「ぷぅぷぅ」

「あはっ、うさたろうかわいいー！」

俺しか呼ばない名前を他の誰かが呼んでくれることを、すこしあたたかく感じた。

◆　◆　◆

——悪夢を、見なくなった。

だから、俺はそれを記憶の片隅に葬って、新しい日々を受け入れた。

忘れたいけど忘れられない。

それでも風化した出来事だと無理矢理頭から追い出して、胸から絶望をかき消そうとした。忸怩たる思いを、背中の痕に封じ込めて。

そうして生きてきた俺は、三人と再び出会うことにより、内側から掻き毟られるような気持ち悪さを覚え、身体からこみあげる嘔吐感をこらえた。

「……んじゃ、俺帰るから。鍵頼むな」

「うん。ピアノ、いつか聴かせてね」

眼鏡女子――大桑も、うさたろうの世話をするようになってしばらく経つ。俺は大桑に後始末を任せ、ピアノ教室へ向かった。

その帰り道、朝比奈芹花に告白された。

「はじめて会ったときから好きでした！　私とつきあってくださいっ！」

信じられない。

朝比奈が、というよりも、人間が信じられない。

また、罰ゲームなんじゃないだろうか。

こんな可愛い女の子が、俺のことを好きになるはずがない。

――けど。

――朝比奈芹花は、周到だった。

ガキンチョからのつきあい。

小中と学校が違うから、獅子王や七々扇とも絡(から)みがない。

そして無防備にボディタッチをしてきたり、目が合うと赤面したり、肩が触れると慌(あわ)てたり。

これが罰ゲームなら、どれほど手の込んだ罰ゲームなのだろうか。

朝比奈のことは嫌いじゃない。

俺がいちばんつらいとき、元気をくれたのは朝比奈だった。

だから、信じたい。

信じたい。

信じられない。

信じたい。

信じられない。

ああ、そうだよ。

信じたいよ。

ここで朝比奈を信じられなかったら、俺はもう誰も信じられねえよ。

「ああ。俺も好き――」

カシャ。

「………………え。」

決断してようやく開いた瞳に映ったのは、いままで見たことのないような笑顔でスマホを構える朝比奈。そして耳を打ったのは、あまりにも無機質で残酷な撮影音。

「………………ぷっ」

「……え。お前、なにして」

そこにはなんの媚びもない、残酷で冷酷な魔性があった。

「本気だと思いましたぁー？　ふふっ、藤間くんみたいなクソザコを芹花が好きになるわけないじゃないですかー☆　身の程を知ってくださいね♪」

笑顔で人が殺せるなら、間違いなくこのとき俺は死んだ。

言葉が刃だとしたなら、間違いなく俺はバラバラになった。

朝比奈芹花は、悪魔だと思った。

でも、朝比奈芹花は、悪魔なんかじゃなかった。

……悪魔のほうが、まだよかった。

「いまの顔、最高にじわります☆　あ、獅子王くんにＲＡＩＮで送っとこーっと」

「し、し、おう……？」

それなのに朝比奈は俺を許してくれなくて、骸(むくろ)同然の俺を事実という鈍器(どんき)で殴りつけてくる。

「獅子王龍牙(りゅうが)くん。もちろん知ってますよね？　ぷっ。小中と苛(いじ)められてきた相手ですもんねー☆」

なんで。

なんで、朝比奈が獅子王のことを知ってるんだよ。

「ほら、芹花って尽(つ)くすタイプじゃないですかー。だからカレシの言うことって、なんでも聞いてあげちゃいたくなるんですよねー☆　たとえそれが罰ゲームだとしても」

罰ゲーム。

…………罰ゲーム。

朝比奈と獅子王の関係なんてもうどうでもよくて、罰ゲームという単語だけが、俺の身体を、記憶を、魂(たましい)を強く揺(ゆ)さぶる。

ああ、なんだ。

やっぱり、そうだったんだ。

俺に向けられる好意などあるはずがなくて。

それはすべて罰ゲームで。

「あーあ、みっともない。尻もちつかないでくださいよー。まあそのほうが獅子王くんも喜んでくれるからいいですけど」

なおもやまない無機質なシャッター音すら優しく感じた。

「なんで……こんな……？」

「さぁ？　詳しくは聞いてないから知りませんけど。あ、反抗的な目がムカつくとか根暗だとか言ってましたよ？」

なん、だよ、それ。

それだけの理由で、俺はここまでされなきゃいけないのか。

朝比奈との日々はすべてまやかしで。

すべて獅子王がこのときのために敷いた道路だったのだとしたら。

この世には善意などなくて。

あるのは悪意と、善意や好意に見せかけた悪意だけなんだと。

「あれ？　もう帰っちゃうんですかー？」

もし、そうなんだとしたら。

『うさたろう可愛いね』

『うさたろう、餌だよー』

『藤間くんのピアノ、いつか聴かせてね？』

「うさたろうっ……！」

スマホを構えたままの朝比奈を捨ておいて、駆け出した。

今日初めて、大桑に飼育小屋の鍵を預けた。

もしも、あれも悪意ならば——

夕暮れの学校。

煌々と夜を照らすグラウンドの照明を切り裂くように駆けた。

飼育小屋は校庭とは離れた、あまり人の立ち寄らない場所に建てられている。そこには、普段見慣れない数人の生徒が見張りのために立っていて、きょろきょろと視線を泳がせていた。

俺はなにひとつ躊躇せず突っこんだ。

「うさたろう！」

「うわ、藤間！」

「やべ、獅子王くん、藤間が……！　ぶえっ」

見張りを殴り捨て、小屋内へ突入する。

そこには――

数人によってたかって蹴りつけられるうさたろうの姿があった。

「なにしてんだお前らァァァ!!」

そこから先は、よく覚えていない。

吼える俺。

笑みを浮かべる獅子王。

数人に押さえつけられ、中坊のくせに喫煙癖でもあったのか、獅子王の取り出したジッポライターの火で背を炙られる俺。

痛みでうめきながら、うさたろうを許してくれと嘆願する俺。

――気づけば、自室のベッドで天井のシミを数えていた。

「……んあー………」

「おにい!? お母さん、おにいが！」

「透ちゃん！」

家族の話によると、俺はたくさんの人間に暴力を振るったらしい。

包帯を巻かれた拳と宙で吊られた脚が、俺が乱暴な加害者であることをものがたっていた。

親父は俺に空手を習わせたことを後悔した。俺がそれを武道ではなく、一方的な暴力に使ってしまったのだと。

寝返りを打つたびに背中が痛んだ。

それなのに胸の痛みの原因は思い出せなくて、ふとしたことで記憶の面影が脳をよぎり、俺を苛んでは消えてゆく。

少年課の刑事によれば、俺は一四人もの人間に対する傷害事件を起こした。

そのときに生じたストレスから己を守るため心を閉ざし、記憶障害になっているらしい。

なんでも、辛いことがあった人間はそうやって己の記憶を都合よく消去し、自己防衛に努める本能があるそうだ。

俺はその後、一〇日間の自宅謹慎になった。

その日から、決まって同じ夢を見るようになった。

少し広めの小屋。

そこで俺は押さえつけられて、なにかを叫んでいる。

なにも見えないのに、だれかの声だけはしっかりと聞こえるんだ。

俺のすべてをなかったことにしようとするような声が。

『可哀想になぁ。お前も藤間なんかと関わらなきゃ、こんな酷い目にあわなかったんだけどなぁ。恨むなら藤間を恨めよ？　ぜ――――んぶ藤間が悪いんだから。なあ、そうだろみんな』

『あ、前脚変な方向に曲がった。草』

『お前らなにやってんだよ、しっかり押さえとけ……うおっなんだこいつ狂いやがった！　やべえ、先生呼んでこい！　ちょま、おい、やばいって、シャレになんねえって、ぎゃあああああああああ！』

視界が真っ赤になって、その誰かに掴みかかったところで夢は終わる。

夢から覚めたあと、どうして俺は声の主をちゃんと殺せなかったのだろうという後悔と、それよりも深く大きく、なにか大事なものを亡くした喪失感からくる哀しみで枕を濡らした。

うさたろう………。

んあー……？　うさたろうってなんだっけ。

獅子王ッ………！

んあー……？　誰それ。


ひどい記憶障害と睡眠障害。

鮮明に思い出しては、靄のように消えてゆく。

明確に思い返しては、楪のように散ってゆく。


「透、澪。引っ越すぞ」

引っ越す原因が俺にあるのは明らかなのに、その理由を思い出せないことが申し訳なかった。俺と違って澪には友達がたくさんいたのに、俺のせいで台無しにしてしまった。

それでも、澪は、俺に恨みごとひとつ言わなかった。


引っ越し当日。

「ふ、藤間くん！」

荷物を積み終え、家族のお荷物である俺が最後に車に乗り込むその刹那、ポニーテールの女子に声をかけられた。

妹の澪はそいつが誰だかわかっているみたいだったが、俺にはさっぱりだった。

「んあー？　誰だっけ」

「ごめん……なさい………」

謝られても、俺には理由なんてわからない。

一度首を傾げて車に乗り込むと、親父はアクセルを踏み、住み慣れた家を後にした。

ミラー越しに、コンクリートに膝をついて頭をこすりつけるポニーテールが目に入り続けた。

◆　◆　◆

蘇る記憶。

迫り来る暗黒。

俺のすべてを包み込む絶望は、目の前の三人のようでいて、しかしすでに俺の心に存在していた。

あたたかな日々を否定する三人。

「おひさし……ぶり、ね」

黒のポニーテールを戸惑いがちに揺らし、目を伏せる七々扇綾音。

「ええーっ？　なんで藤間くんがアルカディアにいるんですかぁー？」

亜麻色のセミロング——下半分だけウェーブをかけたような髪をくりくりと弄る朝比奈芹花。

そして——

「いいか、こいつはな。中坊のころ、暴れまくって俺たち一四人に一方的な暴力を振るったとんでもないヤローだぜ」

逆立てた金の短髪。一九〇センチメートルはあろうかという長身から俺を見下しながら口角を上げる男が獅子王龍牙。

その表情には『なんでまだ生きてんだよ、気持ち悪い』という理不尽な嫌悪感と『新しいおもちゃを見つけた』とでも言いたげな、無垢な冷酷が浮かんでいる。

こいつらは、だめだ。

俺のあたたかな日々を、罰ゲームにしてしまう。

アッシマーも灯里も、一緒にいる高木と鈴原も罰ゲームにされてしまう。

そしてなにより。

『ぷぅぷぅ』

『よーしよしよし、うさたろうは可愛いな。うりうり、うりうり』

俺の大切なものを、奪ってゆく。

アッシマーも、灯里も、奪われてしまう。

それだけは――

「最っ低…………」

聞いたことのないような灯里の冷たい声が、冬の訪れを告げた。

――それで、いい。

悲しいけど。

泣きたいくらい寂しくて、立ち上がれなくなるくらいつらいけど。

『藤間くんのペースでいいんですよ』

『好きだよ、藤間くん。大好き』

俺は、今度こそ忘れない。

こいつらを守るためなら、俺はどんな悪にだってなってやる。

「そうだ。俺は誰彼構わず暴力を振るう最低ヤローだ。どうやって殴ってやろうかだけ考えてお前らと一緒にいた。あーあ、バレちまったか」

俺の言葉に、獅子王の顔が笑みで醜く歪んだ。

こいつらはもう、俺の味方じゃない。

これで獅子王はきっと、こいつらに手を出さない。
アッシマー。
灯里。
泣きそうだよ、俺。
でも、これしかねえよ。
大丈夫だよ、藤間透。大丈夫。
罰ゲームなんかじゃないよ。
これからの俺の道に、お前らはいないけど。
これからのお前らの道に、俺はいないけど。
これは、罰ゲームなんかじゃない。
『藤間くん藤間くんっ！　ささささ、起きてくださいっ、採取に行きましょう！』
『だから、かっこいい……ん、だよ？』
『んあー……』
狂おしいほど愛おしい想い出のなかで、また逢えるから。

六章EX　あかり――結――あかり

愛って、なんだと思う？

◆　◆　◆

自室にて三船の話を聞いた私は、今日三度目の涙を流した。

わんわん泣いて、長い時間をかけてようやく落ち着いた私は、ゆっくりと聞いたことをまだぐちゃぐちゃな脳内で反芻してゆく。

藤間くんは獅子王龍牙からひどいイジメを受けていた。

幼なじみの七々扇彩音、獅子王と繋がりのあった朝比奈芹花から告白を受け、そのどちらもが罰ゲームと知り人間不信になった。

すなわち、
獅子王龍牙。

七々扇綾音。

朝比奈芹花。

この三人が。

──なかでも獅子王が、諸悪の根源。

……許せない。

許せる、わけがない。

「──と、ここまでが表向きのことです」

私の脳内が慣れぬ憎悪に染まりかけたとき、三船はくいと眼鏡を持ち上げた。

「表向き？　どういうこと？」

「彼には家族以外に、味方がふたりだけいました」

◆　◆　◆

「最っ低…………」

思わず、声が漏れた。

最低だ。

獅子王龍牙は、最低だ。

「もう、俺に関わるな」

どんな悪にでもなる――祁答院くんに言い放った言葉を微塵も裏切らず、己を悪に染めあげて立ち去ろうとする藤間くんの手を、私の手が掴んだ。

「触るんじゃねえ。犯すぞクソビッチ」

『言葉』に意味はないことを、私は知っている。だから藤間くんの言葉は、私には刺さらない。

そして、なによりも、とても苦しそうな表情が雄弁に語っているから。

「俺に近づいたらお前らまで巻き込まれる。だからここでさよならだ」

――――って。

「おー怖い怖い。マジでそいつに近づかないほうがいいぜ。なにされるかわかんねーからな。ヒャッハッハッ――」

「黙れ、獅子王龍牙。そのヤニ臭い口を閉じろ」

その声に、場が凍りつく。

周りの喧騒も消え失せ、冷たい言葉に周囲の耳目が集まる。

――すなわち、皆の視線は私に集まった。

「あ、灯里、なんでお前、あいつの名前――」

「獅子王龍牙。警視正ごときのボンボンってだけでいきがっているお子様、だよ」

藤間くんにそう返すと、獅子王の身体がぴくりと震えた。その後ろにいる七々扇綾音が驚いたように顔を上げる。

「てめぇ……なにモンだ？」

「べつに。あなたみたいに親の力に頼らなければ、どこにでもいる普通の女子高生だよ」

獅子王の顔に焦りが生まれた。私はなおも続ける。

「私はあなたたちが藤間くんにしたことをすべて知っている。半年前の真実も。――ここまで言えばわかるよね」

そうして視線を獅子王の後ろへ向け、

「七々扇さん、私はあなたのことも知っている。澪ちゃんは大丈夫だよ。だからもう、そんなところにいる必要はないんだよ」

「……は？　みお？　澪って俺の妹の？　なんで澪が――」

藤間くんが私の背で素っ頓狂な声をあげる。

七々扇さんはこちらを真っ直ぐ向き、私の言葉が真実かどうか見定めている様子だった。

明らかな狼狽を見せる獅子王の隣で、彼女はやがて白い頬に一筋の煌めきをつうと落と

し、

「ようやく……ようやく、このときが来たのね」

「うん。私にはあなたを責める権利はないし、なによりも藤間くんを大事に想ってくれた人だもん」

右手で目元を押さえ、肩を震わせる。あてもなく彷徨わせる左手を私の手が掴み、引き寄せた。

◆

◆

◆

「味方？」

「はい。ひとりは七々扇綾音」

「えっ……七々扇綾音？　彼女は藤間くんに罰ゲームの告白を……」

「違います。彼女は告白後、獅子王龍牙に、に、に、脅迫されて、こ、告白を罰ゲ、ゲームにさ、させ、させられたので、す」

「っ……！　脅されて……ってどういうこと？」

「はい。獅子王龍牙は七々扇綾音に対し、告白を罰ゲームだということにしないと、藤間少年の妹――藤間澪に危害を加える、と脅迫していました」

「お、おい、七々扇」

「灯里、お前なにやって――」

この場で真実を知るものは私と七々扇さんしかいない。そのふたりはこうして抱きあっているのだ。獅子王と藤間くんだけでなく、朝比奈芹花も望月くんも海野くんも、しーちゃんも亜沙美ちゃんも香菜ちゃんも唖然としている。

「獅子王龍牙。覚えておいて――」

「もうひとりの味方は大桑月乃」
「えっ？　大桑月乃ってたしか……」
「はい。藤間少年と同じ飼育委員だった少女です。彼女は獅子王とその取り巻きに暴力で脅され、飼育小屋の鍵を獅子王に渡しました。それが原因でうさたろうは暴行のすえ死亡」
また……脅迫。

「彼女は原因が自分にあると心を病み、自殺未遂を繰り返しました。家族は彼女の心身を案じ、藤間家とほぼ同時期に引っ越しをしています」

「連絡は取れたの？」

「もちろん。――家令ですから」

「私は半年前の事件の真相を知っているし、それはもうじき明らかになる」
「お、おい、なんなんだよテメーは……」
「普通の女子高生だよ。ただ、昨晩だけは違ったかもね」

◆　◆　◆

「お父様、獅子王という名字に心当たりはございますか？」

「獅子王？　警視正の獅子王くんかね。伶奈、私の仕事に口を挟むのは――」

「彼の息子が親の威を借りて私の友人を深く傷つけました。捏造事件の再調査をお願いできませんか」

「捏造？　どういうことだね」

「私の友人はその事件で記憶障害になり、さらに獅子王の手がかかった刑事により、記憶をすり替えられました。彼が行なった傷害は一四件となっていますが、実際には見張りへの一撃と、獅子王への抵抗の二件。彼は以前から陰湿かつ暴力的なイジメを受けており、彼の背には獅子王の息子より受けた拷問の跡も残っています」

――藤間くん。

藤間くんが私のために悪になるのなら。

私は、何にだってなってみせる――

◆　◆　◆

「ねー獅子王くーん。このオンナやばくないですかー？」

「うるせぇ。お前は黙ってろ」

「はーい☆」

私は三船の力を借りて、真実を知った。

私はお父様の力を借りて、真実を白日のもとに晒す。

そして、ここからは――

「藤間くん、もう大丈夫だよ。つらかったね。がんばったね」

「え？　ぁ？　……ぅ」

藤間くんの手を握る。

私は、何にだってなってみせる。

「私、ちゃんと知ってるよ。藤間くんが、心からそんなこと言う人じゃないって」

あなたの悪――その裏側にある優しさを、見抜いてあげたい。

「もう、つらいのは終わりだよ」

どうしようもなくつらい顔をしているときは、慰めてあげたい。

「やめろ、離れろっ……！」

それでも、あなたが闇に堕ちてしまうなら――手を繋いで、一緒に堕ちてあげたい。

でも、願わくば――

「やめろよっ……！　俺なんかに構うんじゃねえ……！　獅子王、違う、こいつらは知り合いなんかじゃねえ！　俺が騙してただけだっ……！」

『お嬢様、どうされますか？』

『闘う。藤間くんがしてくれているみたいに、私も闘うっ……！』

『お嬢様、お見事です。それはもはや恋ではなく、愛です』


愛とは、誰かのために悪になること。

愛とは、自分を省みず誰かのために闘うこと。

今度は七々扇さんではなく、藤間くんの首に手を回す。かき抱いた冷たい身体がぴくんと跳ねたのがわかった。

「知り合いじゃないよ。現在片想い中で、猛アタック中だもん」

ごめんね、と謝罪しつつ、目を回す藤間くんを解放し、獅子王龍牙たちに向き直る。


——私は、闘う。

愛が力になるのならば、私は誰にも負けないっ……！

「獅子王龍牙、朝比奈芹花。親の力で来るのなら親の力で返す。自分たちの力で来るのなら、私たちが全力で迎え撃つッ！」

願わくば——

あなたの行く末を、照らしてあげたい。

あなたの優しさを、灯してあげたい。

あなたの寂しさを、温めてあげたい。

「私は私の強さを、藤間くんからもらったから！」

願わくば——

私は、あなたの、あかりになりたい。

六章EX　空の彼方──誓いの空

〝獅子王正虎警視正（五二）に職権乱用疑惑──罷免か？〟

　悪事千里をはしるとはよく言ったもので、昨日の夕方にリークされたらしい情報は、一晩でネットニュースに載った。

「おはようっ」

「……お、おはようさん」

　いつもの交差点で、長い黒髪のリーク元と出くわした。なんだか照れくさくて顔を背ける。真っ直ぐ灯里の目を見ることができない。

「むー」

　目をそらすと、とてとてとそちら側に回り込んできて、えへへぇ……と破顔する。なんなのこれ。なんでこんなにかわいいの？　そんなことされると、また顔を背けるしかなくなるじゃねえか。

そうしてもまた灯里はそちらに回り込むだけ。ならば、と俺は口を開いた。

「なんかあれだな。……すげえ迷惑かけて悪かったな。お前んち、いま大変だろ」

「世論は真っ二つかもね。また警察内部の不祥事だと叩くか、それとも自ら内側の毒を告発した気骨の士だと見るか。でも、大丈夫だよ。お父様は正義と家族のためなら、いくらでも頭を下げられる人だから」

じつに立派だが、それはそれで職権乱用なのではないだろうか。

悪を裁くのは悪——

一見乱暴な言葉だが、それは意外と現代社会を表すに相応しい言葉なのかもしれない。

◆　◆　◆

「なんなんだよマジで……！　オンナァ……！」

唖然とする俺に、顔を紅潮させて歯軋りする獅子王、そして一切怯むことなく立ち向かう灯里。

「獅子王龍牙。あなたは獅子の王でも龍でもない。虎の威を借る狐であり、しつこい蛇でしかない」

怒りで拳を震わせる獅子王。なおも続ける灯里を庇うようにして、アッシマー、高木、鈴原の三人が前に出る。

　さらに庇うように前に出たのは——

「あなたは終わりよ。あなたの強さの源である獅子の王も、龍の牙も、彼女に刈り取られてなにも残っていない。一度くらい頬を張ってあげたいほど苛立っているけれど……親の力に頼れないあなたには、その価値すらないわ」

　ついさっきまで獅子王の側にいて、灯里の手によりこちら側にやってきた——七々扇綾音だった。

　なんだこれ、わけがわからねえ。

「七々扇ィ……テメェ、裏切りやがったな……！」

「裏切る……？　馬鹿なこと言わないで。私はあなたに脅迫されて仕方なく行動を共にしていただけ。味方だと思ったことなんて、これまで一度もなかったし、そう思わせる魅力もあなたには存在しなかったわ」

「テメエッ……」

　わけがわからねえ。

　獅子王に灯里が立ち向かって。

三人が灯里を庇って。

敵だと思っていた七々扇が獅子王の前に立ちはだかった。

そのいちばん後ろで、唖然としている俺。

なんだよ。

お前らを守ろうとした俺が、やっぱりお前らに守られてるじゃねえか。

獅子王が勢いよく振(ふ)りかぶった。

わけがわからねえ。

話も見えねえ。

こいつらがなにを知ってるのかもわからねえ。

――でも。

いちばん最初に立ち向かった灯里――その力の淵源(えんげん)が俺であるのなら……!

七々扇に向かって繰り出された獅子王の拳を――

「ここで立ち上がれなきゃ、なにより俺が男じゃねえっ……!」

俺の手が受け止め、手のひらでどうしようもないほどつまらない音が鳴った。

「藤間透(ふじまとおる)…………!」

むき出しの憎悪。

敵意に満ちた視線。

なんだなんだとギャラリーが集まってくる。絶望に忘れた喧騒が甦ってくる。

「藤間ァァァ……！」

俺が受け止めた拳に力を込める獅子王。

チートに頼るなんてダサいなんて吐き捨てて。

他人に貰った力はみっともないと遠ざけた。

――でも。

灯里の力の源が俺ならば。

そして、俺の後ろにいてくれるのが、こいつらならば。

「うおおおおおおっ……！」

「こ、こいつっ……！」

敵なんて、さらにねえっ……！

俺の手のひらが、押し返す。

二〇センチメートルの体格差をものともせず押し飛ばし、獅子王はたたらを踏んで尻もちをついた。

「殺すっ……！　殺す殺す殺すッ！」

獅子王は勢いよく立ち上がり、アイテムボックスのスキルを持っているのか、虚空から抜き身の大剣を取り出して中段で構えた。

「『ひいいいいいっ！』」

喧騒は賑わいから興味へ、そして恐怖へと転じ、遠ざかってゆく。

「そのツラ、気に入らねえんだよッ！　底辺のくせにいつもオレを見下しやがって！」

「べつに見下したことなんてなかった。——でも、いまは完全に見下してる。お前……こんなに弱かったんだな」

「藤間ァァァァァー!!」

俺は……こんなやつに、怯えていたのか。

女子たちに下がれと手で命じ、踏み込んできた獅子王の大剣が夜のエシュメルデ——その片隅を真横に切り裂いた。

獅子王は、それだけだった。

大きく退がってかわし、大きく踏み込んで放たれた俺の拳が、獅子王の腹に深く食い込んだ。

「げ、げえええええぇぇ………」

胴突きを受け、身体を『く』の字に曲げる獅子王。

「しっ…………！」

下がった頭に面蹴り——空手ではよく使われる連撃を受け、獅子王は俺に喉仏を見せるように天を仰いで膝から崩れ落ち、頭をくらくらと揺らめかせて仰向けに倒れた。

かつて父親に習わされた空手を、武道ではなく暴力に使ってしまったことを、いつの日か深く悔悟した。

だから俺は、拳と脚を使うことをやめた。

でもいまは、なんの後悔もない。

悪になると決めた俺だ。

こいつらを守るために使う力に、塵芥の後悔も存在しない。

「はぁぁぁあああああ⁉　ちょ、ちょっとお！　なにあっさりやられてるんですかぁ！

……………ひっ……………！」

残る敵は、朝比奈芹花。

彼女が救いを求めて視線を送る相手は、望月慎也と海野直人。

彼らは俺と朝比奈、高木たちと倒れた獅子王に視線を彷徨わせながら、露骨に狼狽えているだけ。

ゆらゆらと近づく俺に、後ずさる朝比奈。

俺の腕をなにかが掴んだ。

アッシマーが俺の腕を抱き締めるように引き止めて、泣きそうな顔で哀願するように首を横に振っている。

——わかってるよ、アッシマー。

ここで朝比奈に手を出せば、俺は獅子王と変わらないクズ野郎だ。

だから、二度とツラを見せるなとだけ言うつもりだった。

しかし、朝比奈にいまのやりとりが伝わるはずもなく——

「藤間くん、許してもらえませんか？　…………一回、タダでさせてあげますから」

——目眩がした。

情けなくなった。

俺はいっとき、こんな女のことが気になっていたのかと。

怒りが募った。

その、喋りかたに。

アッシマーのあざとい喋りかたが嫌いだった。

忘れようとした、朝比奈の醜い媚びを思い出すから。

でも、いまは違う。

っ。

朝比奈の媚びが、アッシマーを穢しているように感じるから。

「吐かす気か。罰ゲームでもごめんだよ、お前みたいなケツガバメス豚クソビッチ。一生ホモモ草でオナってろ」

朝比奈の顔が、おそらく怒りで紅潮した。俺は朝比奈に背を向けて、朝比奈にまつわる陰鬱な過去に別れを告げた。

「店の前、騒がせてすいません。コボルトの意思を売って欲しいんすけど」

その後、朝比奈は捨て台詞を残して去っていった。望月と海野は数度視線を彷徨わせた後、獅子王を引きずって朝比奈の背中へ駆けていった。

◆　◆　◆

灯里とふたりで歩く通学路。

長い坂道の途中、右ポケットからキーンコーンと音が鳴った。

「藤間くん、ＲＡＩＮじゃないかな？」

「俺に限ってそんなことは——ぐあ、俺かよ」

七々扇綾音‥
藤間くん、おはよう。
金沢はあいにくの雨よ。千葉はどうかしら？

七々扇は灯里に手を引かれ、こちらに残った。
そうして気づけばとまり木の翡翠亭に一人部屋を取り、女将を喜ばせていたのだ。

◆　◆　◆

七々扇を加えたいつものメンバー、いつもの自室。
灯里から聞いた話は衝撃的で、そもそも記憶があやふやな俺にとっては信じられないことも多々あった。

　俺の幼なじみだった七々扇綾音は、当然妹の澪とも幼なじみで仲が良かった。

　獅子王龍牙は七々扇が俺に告白したという事実をどこかで知り、それが面白くなかったようで、俺へのイジメが始まった。

　そして俺の心の拠り所である七々扇を寝返らせることで、俺を潰そうとしたのだ。

「獅子王が澪に……。七々扇は澪を守ってくれていたってことだよな。……すまん。知らなくて、酷いことをたくさん言っちまったかもしれねえ」

「そんな……藤間くんがどうして謝るの。悪かったのはどうしていいかわからなくなった私だもの。なにも言えなくて……そしてなにもできなくて、本当にごめんなさい」

　当時、あれだけ憎んだ七々扇も獅子王の被害者だった。

　それを知ってようやく、自己防衛による鎖のような記憶の封印が解けてゆき、引越しの日、ミラー越しに見えた土下座していた女子が七々扇だったことを思い出す。

「じゃあなに？　ツンツン頭が言ってた、その……藤間の傷害事件ってのは？」

　高木が俺に申し訳無さそうな視線をちらちらと送りながら、しかし好奇心が勝ったようで、灯里に問いかける。

「飼育委員の大桑さんの話だと、小屋内で藤間くんがふるった暴力は二件のみ。見張りへの一撃と、獅子王への攻撃だけ。ほかは掴みかかってきた人を振りほどいたり、その……

背中に火傷の痕がついたときに暴れただけだよ」

「大桑？　なんで大桑が……」

「藤間くんは知らなかったかもしれないけど、あのとき大桑さんも暴力を受けていて、小屋の隅で震えていたらしいの」

「そう、だったのか……」

　俺は大桑がもともと獅子王の手先で、飼育小屋の鍵を獅子王に渡したのだと思い込んでいた。でも、あいつも被害者だったのか……。

「ウチからもいいー？　どうしてその獅子王って人は藤間くんをそんなに恨んでるのー？　あと朝比奈って人もー。周りの生徒も少し従順すぎじゃないー？」

「そればかりはふたりに訊かないとわからないかな。周りの生徒は被害者になるのが怖くて、加害者になってたって」

　人はいつだって自分以外に犠牲を求める。

　獅子王に逆らえば——あるいは、俺が犠牲じゃなければ自分が犠牲者になってしまう。だからいまの安穏を守るため、攻撃するしかなかったのだろう。

　ほんと、クズばかりだ。

「あ、あのぅ……。わたしからもよろしいでしょうか……」

アッシマーが控えめに手を挙げた。

「石川県の金沢市で起こった事件なんですよね？　どうして灯里さんがご存じなのでしょうか……？　こんなことを訊いてはいけないのかもしれませんけど……灯里さんってなにものなのでしょうか……？」

「うん……。そう、だよね。……ここからは、私が謝る番だよね」

そうして灯里は俺の過去を調べていたことを俺に謝罪した。

その理由に赤面こそしたものの、俺はべつに怒りなんて湧かなかった。

◆　◆　◆

「むー。こっち見てくれないー。遅刻しちゃうよ？」

「や、警視総監の娘の前で歩きながらギアいじってＲＡＩＮ返すわけにはいかないだろ」

「じゃあせめてこっち向きながらとか」

「無理に決まってんだろ……」

勝手にあれこれ調べられたけど、怒りなんて湧くはずがない。

だって、灯里がそうしてくれていなければ、俺は獅子王からみんなを守るため、独りぼっちに戻っていたのだから。

それに——

『私、藤間くんのことがもっと知りたい。藤間くんにも私のこと、もっとよく知ってほしい』

いつかの砂浜で。

あのしじまで聞いた灯里の言葉が蘇って。

俺の真っ暗な過去を知ってなお、お前は俺の傍に居てくれるから。

——今度は、俺がお前のことを知る番なんだ、って思う。

――――――――

七々扇綾音：

藤間くん、おはよう。

金沢はあいにくの雨よ。千葉はどうかしら？

――――――――

藤間透：

曇り

「あー、女の子にその返事はないと思うなぁ……」

平気な顔で俺のギアを覗いてくる灯里。

——そういえば最近、改めて知った。

「お前ってやっぱり意外と面倒くさいよな」

「め、面倒くさい⁉　そんなことないよ⁉　ない……よ？　……。……そうかな。面倒くさいかな……。むしろ女の子って面倒くさいよ？」

「すげえ、俺もびっくりな渾身の開き直りを見た。陰キャポイントを1ポイントやろう」

「わわ、溜まるとどうなるの？」

「100ポイントで陰キャになれるぞ」

「いらないよ！　もう、早く行こうよ！」

そうして灯里は俺の隣から二、三歩だけ先んじる。

まるで、俺の往く道を照らすように。

「……ありがとな」

昨日、闇に堕ちずに済んだのは、灯里のおかげだ。

お前が、俺のあかりになってくれたから。

感謝の気持ちに似合わない小さな呟きは、あいにくの曇り空へシャボンのように溶けてゆく。

「ん？　なに？　なんて言ったの？」

「っ……ざけんなお前ラノベ主人公かよ陰キャポイント10ポイント追加だ追加」

無駄打ちに終わった小さな勇気を誤魔化すように、歩きながら首だけで振り返る灯里にまくしたてる。

そんな俺に灯里は歩みを合わせ、ふたたび隣に並んで俺の耳に顔を寄せてきた。

「どういたしまして」

「ばっ……このやろ……」

ばっちり聞こえてんじゃねえか。

たったいま知った。

案外いい性格してるわ。

こうやって、知ってゆく。

俺は、灯里を、ゆっくり知ってゆく。

「あっ、すごい！　天使のはしごだよ、藤間くん！」

「んあー……？」

雲の切れ間から差す光。光線のような現象を、人は天使のはしご、あるいは――

「陰キャポイント減点な。陰キャはこういうの、厨二っぽく〝エンジェル・ラダー〟って言うんだよ」

「理不尽だよ!?　それにポイントの仕組みがすでにブレブレ！」

もしくは「くっ、俺には眩しすぎる――」と空に手を翳し、そうしながらも、指の隙間からチラとその美しさを愛でるだろう。

しかし、俺は――

――うさたろう。

守ってあげられなくて、本当にごめんなさい。

弱い俺は、お前のことを思い出しては忘れ、自分を保ってきた。

――でも、もう忘れない。

俺の痛みを、お前の痛みを、俺は忘れない。

俺が漠然と、強くなりたい、無双したいって思うのは。

お前みたいなやつを、獅子王みたいなやつらから今度こそ守りたいからだったんだって、いまならはっきりとわかるよ、うさたろう。

そして俺が召喚士になったのは、虐げられる存在と自分を重ね合わせて、ともに強くなるためだって。

俺は、強くなる。

コボたろうとコボじろう、そしてこれからの道を共に歩む幾千の召喚モンスターと一緒に。

見ててくれよ、うさたろう。

お前を胸に抱えたまま、俺は誰よりも強くなってみせるから。

「怜奈ー！　藤間ー！　おはよー！」

「あっ、亜沙美ちゃんおはよう！」

「おっす……って、痛ってぇ」

後ろから高木の声が聞こえ、今日は名前を間違えてないじゃねえかと挨拶もそこそこに振り返ろうとすると、肩に結構な勢いで通学鞄をぶつけられた。いやなにこれ、割とマジで痛いんだけど。

「んー？　どっかで見たけど、ＪＫの鞄はご褒美なんでしょ？」

「アホか。そんなのは二次元に限るんだよ」

「うっわキモ」

「なあお前いくらなんでも口悪すぎない？」

「いやいや、アホって先に言ったのあんたでしょ。一対一ね。ノーカンね」

「割に合わねえ……」

どう考えても俺が被る(こうむる)ダメージのほうが大きいような気がするんですが。

俺がげんなりした顔を送ると、高木はにしし－、と屈託(くったく)のない笑み(えみ)を返す。

「ふ、ふたりとも、仲いいよね……」

灯里が上目遣い(うわめづかい)の視線を俺たちふたりにちらちらと送る。

「「んなわけねーし」」

非常に気に障る(さわる)ハモりかたをした俺たちは睨み(にらみ)合う。

「は？」

「あ？」

「ほら、息ぴったり」

「いやあたしが言うならわかるけど藤岡(ふじおか)に言われるとムカつく！」

「ざけんなコラ。しかも藤岡ってどんな間違えかたなんだよ。わざとか？　やっぱわざとなのかコラ」

唾を飛ばすほどの言い合いがはじまろうとしたとき、空が一度煌めいた。

俺たちはたったいまのやり取りを忘れ、空を見上げた。

「春雷かな？」

見上げた空で、エンジェル・ラダーが閉じてゆく。いまの光は別れを惜しむ最後の輝きだったのかもしれない。


うさたろうはもう、こうやって俺たちみたいに空を見上げることはできない。

——でも。

「お前はもう、空にいる。そして、俺の胸にいる」

胸に一度ぶつけた拳を天に向かって突き上げる。

「ふ、藤間くん？　その眼……？　えっ……えっ⁉」

「ふ、藤間、あんた……眼が、腐ってない……」

——俺、強くなるから。見ててくれよな。

「ぷぅぷぅ」

切れ間が閉じる刹那、うさたろうが雲の隙間から最後にもう一度俺に懐き、雲も風をも劈（つんざ）いて、空の彼方へと元気よく駆けていった。

（了（りょう））

あとがき

みなさんこんにちは！

『召喚士が陰キャで何が悪い』第三巻をお迎えいただきまして、まことにありがとうございます！

めっきり寒くなってきたころだと思うのですが、みなさまいかがお過ごしでしょうか。

今年も残りわずかです。かみやにとって今年は、本当に幸せな年でした。

今年の二月に第一巻が発売、七月に第二巻が発売、そして十二月に第三巻と、この身には過ぎた幸福です。応援してくださるみなさまのおかげです。本当にありがとうございます！

第三巻、いかがでしたでしょうか。見どころを三つ選べと言われると、私としましては、高木と鈴原の加入、祁答院との対峙、そして透の過去でしょうか。

一章ごとに、またはEXごとに透が向き合うテーマを決めて、それに対する透の決断、といった具合で書き進めているのですが、六章EXの過去は書いていてもう本当につらかったです。

この流れは本作を書きはじめたころから考えておりまして、書籍化に伴い、最近の流れに合わせてマイルドにしようかなとも考えたのですが、しかし透の人生だもんなぁ……と懊悩の果てに残したものでございます。お楽しみいただければ幸いです。

見どころといえば、ｃｏｍｅｏ先生の描かれるイラストです！　毎回本当に素敵なのですが、とくに三巻は感動しました！　なかでも、鈴原ちゃんが弓を引くシーンなのですが、こちらからなにを申さずとも美しい〝弓返り〟を描写されていて、感服いたしました。みなさまぜひもう一度ご覧ください！　弦がしっかり鈴原ちゃんの指の外側に移動していきます！

ｃｏｍｅｏ先生をはじめ、ＨＪ文庫さまや担当のＮさま、目が飛び出るほど高級な桃を送ってくださったたちの子さん、美味しい宮崎牛をたくさん送ってくださったランガさん、応援してくださるみなさま、本当にありがとうございます！

もしも四巻が出ましたら、過去を乗り越えた透たちが、ついにエシュメルデで成り上がり、アルカディアの悪意——紫の空に立ち向かいます。もちろん透節も健在です！

最後になりましたが、もう一度謝意を。お迎えいただきまして、ありがとうございます！

かみや

HJ文庫 https://firecross.jp/
1050

召喚士が陰キャで何が悪い 3

2022年12月1日　初版発行

著者――かみや

発行者―松下大介
発行所―株式会社ホビージャパン

〒151-0053
東京都渋谷区代々木2-15-8
電話　03(5304)7604（編集）
　　　03(5304)9112（営業）

印刷所――大日本印刷株式会社

装丁――BELL'S GRAPHICS／株式会社エストール

Printed in Japan

ISBN978-4-7986-3014-4　C0193

ファンレター、作品のご感想
お待ちしております

〒151－0053　東京都渋谷区代々木2－15－8
(株)ホビージャパン HJ文庫編集部 気付
かみや 先生／ comeo 先生

魔王軍最強のオレ、婚活して美少女勇者を嫁に貰う 1

可愛い妻と一緒なら世界を手にするのも余裕です

著者／空埜一樹
イラスト／伊吹のつ

両思いな最強夫婦の訳アリ偽装結婚ファンタジー!!

「汝の魔術で勇者を無力化せよ」四天王最強と呼ばれるリィドは、魔王の命を遂行すべく人間領域に潜入。勇者の情報を集めようとして、何故か結婚相談所で勇者その人である美少女レナを紹介されて――戦闘力はMAXだが恋愛力はゼロな二人の、世界を欺く偽装結婚生活が始まる!!